CHILDREN'S STORIES

in

DUAL LANGUAGE

FRENCH & ENGLISH

Raise your child to be bilingual in French and English + Audio Download

Ideal for kids ages 7-12

No part of this book including the audio material may be copied, reproduced, transmitted, or distributed in any form without prior written permission of the author. For permission requests, write to support@talkinfrench.com.

Table of Contents

$6 FREE BONUS
COLORING BOOK FOR KIDS

UNLEASH YOUR CREATIVITY WHILE LEARNING FRENCH WITH OUR PRINTABLE COLORING BOOK.

Inside the Coloring Book for Kids, you will find:

- 10 illustrations, each featuring a French word and its corresponding English translation, making it an interactive and fun way to learn new vocabulary.
- A variety of illustrations from different categories, such as animals, food, and transportation.
- The convenience of a printable format – ideal for both at-home and classroom use.

Scan the QR code below to claim your copy.

OR

Visit the link below:

https://www.talkinfrench.com/children-bonus

Introduction

Hello, young reader!

Are you ready to go on a fun reading adventure? Reading stories is already a magical activity on its own. But do you know what's even better? When the stories also help you learn a new language.

Well, this book can do just that. Super cool, right?

In this amazing book, you will find ten short stories that will:

- Take you on exciting adventures
- Help you become better at understanding English and French
- Teach you to be a better listener with the narrated versions of the stories.

So, get ready to meet magical new characters and prepare to go on exciting quests.

Ready for your adventure? Turn the page and let's begin!

A Foreword for Parents

Congratulations on getting this book! Raising your kid to be bilingual is not an easy task. Buying this book, however, is one of the first steps you can take to help you towards that goal.

So, what exactly can you expect from this book?

- **You'll find ten different stories designed to be read by kids from ages 7 to 12.** Featuring a wide array of fun themes touching on dreams, quests, magic, and fantasy, you can rest assured that the material in this book is suitable for children and is appropriate for your child's age.

- **The stories are written in parallel text.** Each paragraph is written in both French and English — first in French, then in English. You can also read the stories in French only or in English only.

- **There is free audio material provided with this book.** You can access the audio at the end of the book. There are two audio files available: one in English, narrated by a native English speaker, and another in French, narrated by a native French speaker. The audio is designed to be a perfect supplement to help readers learn the correct pronunciation and improve their listening skills as well.

This book is suitable for your children, but the best part is you can enjoy it, too! Whether you want to improve your French (or English) as well, or you are simply in it for the joy of reading a story, this book is also great for adults.

So, enjoy this with your children or on your own — either way, you are surely in for a great time!

Thank you,

Talk in French Team

PLEASE READ!

The link to download the audio files is
available at the end of this book. (Page 111)

Histoire 1 : Amandine et La Forêt Imaginaire

Story 1: Amandine & The Imaginary Forest

Le réveil d'Amandine venait tout juste de sonner, et comme tous les lundis, Amandine sortait de son lit, la gorge serrée. Le lundi était un jour particulier pour Amandine. Déjà, le dimanche soir, elle ne voulait pas se coucher. Le lundi, c'était le jour des récitations.

Amandine's alarm clock had just rung. Like all Mondays, Amandine got out of bed with a tight throat. Monday was a strange day for Amandine. She didn't want to sleep Sunday night. Monday was recitation day.

Sa maman, voyant que le temps pressait, s'écria,

Her mom, seeing that time was short, shouted,

"Amandine! Dépêche-toi de finir ton petit-déjeuner, on va être en retard!"

"Amandine! Hurry up and finish your breakfast, we are going to be late!"

Amandine répondit machinalement.

Amandine answered without thinking,

"Oui, maman."

"Yes, Mom."

Elle se dépêcha et rejoignit sa mère qui l'attendait dans la voiture. Amandine arriva finalement à l'heure. C'était bientôt son tour. Le camarade qui la précédait venait de finir.

She hurried and joined her mother who was waiting for her in the car. Amandine arrived on time. It was soon her turn. The student who went before her had just finished.

"C'est très bien mon cher Antoine, 20/20!" dit monsieur Moulinot, son maître d'école.

"Very good my dear Antoine, 20/20!" said Mr. Moulinot, his schoolmaster.

"Amandine, c'est à ton tour!"

"Amandine, it is your turn!"

Toute tremblante, elle commença à réciter sa poésie.

Trembling all over, she started to recite her poem.

"Le corbeau et le renard. Maître renard, euh corbeau ! Perché sur son arbre, ah ! Sur son arbre perché…"

"*The crow and the fox. Master fox, um, crow! Perched on their tree, ah! On their tree perched...*"

Rien de sa récitation n'était juste. Le verdict tomba, 4/20. Amandine n'aimait pas apprendre par cœur. Elle se disait, à quoi ça sert d'apprendre toutes ces histoires ?

Nothing about her recitation was right. The verdict was final: 4/20. Amandine did not like learning by heart. She thought to herself, what's the point in remembering all these stories?

Un jour, alors qu'elle rentrait chez elle à pied, de mauvaise humeur, elle fit la rencontre d'un vieux monsieur, la barbe longue et grisonnante.

One day, while she was walking home in a bad mood, she met an old man, his beard long and grizzled.

"Et bien jeune fille! Pourquoi êtes-vous si triste?"

"Hey young girl! Why are you so sad?"

"Je n'aime pas le lundi! C'est le jour des récitations. Toutes ces histoires ne sont que des mensonges, ça n'existe pas!"

"I don't like Mondays! It's recitation day. The stories are nothing but lies, things that don't exist!"

Le vieil homme sursauta de surprise.

The old man jumped in surprise.

"Mais voyons! Toutes ces histoires sont belles et bien vraies!"

"But, look! All these stories are beautiful and they are real!"

"Je ne vous crois pas!"

"I don't believe you!"

"Quelle bonne blague!"

"That's a good joke."

"Alors prouvez-le moi."

"Okay, prove it to me."

Le vieil homme à l'allure de magicien ne se laissa pas impressionner.

The wizardly old man didn't let it bother him.

"C'est à vous de découvrir la vérité petite fille! Mais je peux vous aider. Voici une formule magique, elle vous permettra de vérifier par vous-même!"

"It is for you to discover the truth, little girl! But I can help you. Here is a magical formula – it will enable you to discover the truth on your own!"

"Vous vous fichez de moi!"

"You are kidding me!"

Amandine qui ne voulait pas croire à la magie continua son chemin.

Amandine, who did not want to believe in magic, continued on her way.

"Comme vous voudrez ma chère."

"Have it your way, my dear."

Amandine arriva chez elle. Prenant son goûter, elle ouvrit son cahier de textes pour consulter ses devoirs. À sa grande surprise, un message les avait remplacés, comme par magie. Il était écrit en lettres d'or :

Amandine arrived at her place. Taking her snack, she opened her exercise book to check on her homework. To her surprise, a message had replaced it, as if by magic. Written in golden letters, it said:

Chère Amandine, placez-vous du côté du lever du soleil. Ne vous trompez pas de sens! Donnez le titre de l'une de vos récitations et dites Pouf! Ensuite soufflez. Signé, Le Magicien"

Dear Amandine, put yourself near the sunrise. Don't get the direction wrong!! Give the title of one of your recitations and say Poof! Then breathe. Signed, The Magician.

Il m'a volé mon cahier de textes pour l'écrire, c'est sûr ! Nous verrons bien ce qu'il dira demain soir ! Mais elle ne le revit jamais et les mois passèrent.

He stole my exercise book to write in it, for sure, she thought to herself. We will see what he says tomorrow night! But she did not see him again and the months passed.

Entre-temps, elle déménagea. Dans sa nouvelle chambre, par hasard, son bureau donnait sur le lever du soleil. Un dimanche, Amandine essayait tant bien que mal d'apprendre sa récitation. Elle n'y arrivait pas.

In the meantime, she moved house. In her new bedroom, by chance, her desk looked out on the sunrise. One Sunday, Amandine tried, after a fashion, to learn her recitation. It did not come to her.

Énervée, elle referma son cahier de poésie.

Frustrated, she closed her book of poems.

"J'en ai marre ! Vous croyez que je vais y arriver comme ça par magie ! Lire 'La cigale et la fourmi' et Pouf !" dit-elle en soufflant de découragement.

"I've had enough! Do you believe that I will get there by magic? Read 'The Grasshopper and the Ant' and Poof!" she said, sighing with despair.

Mince ! Amandine se rendit compte qu'elle venait de dire la formule magique, ses mains sur sa bouche, les yeux grands ouverts. Quelques secondes passèrent, et comme elle s'y attendait, rien ne se passa.

Dang it! Amandine realized that she had said the magical formula. She clapped her hands over her mouth, her eyes wide open. A few seconds passed, and she waited. Nothing happened.

Contente d'avoir raison, elle se leva pour aller chercher quelques friandises. Alors qu'elle s'apprêtait à sortir, elle poussa un petit cri de peur. Je rêve ! Se dit-elle, c'est impossible, les souris vertes, ça n'existe pas !

Happy being right, she got up to look for some candies. As she was getting ready to go out, she let out a small cry of fear. I am dreaming! she said to herself, it is impossible, green mice don't exist!

Non, elle ne rêvait pas. Tout doucement, elle ouvrit la porte de sa chambre et sortit. Ce n'était plus sa maison mais une magnifique forêt toute colorée qui prenait place. Une souris verte fouinait sur le chemin devant elle. Prenant son courage à deux mains, Amandine décida d'aller lui parler.

No, she was not dreaming. Very gently, she opened the door to her room and went out. It was no longer her home, but a magnificent forest in its place. A green mouse rummaged on the path in front of her. Plucking up courage, Amandine decided to talk to the mouse.

"Bonjour madame la souris verte. Pouvez-vous me dire quel est cet endroit?"

"Hello, Mrs. Green Mouse. Can you tell me what this place is?"

La souris verte qui semblait mal en point lui répondit d'une petite voix.

The green mouse, who seemed poorly, responded to her in a tiny voice.

"C'est la forêt imaginaire pardi!"

"It is the imaginary forest, of course!"

"C'est quoi la forêt imaginaire?"

"What is this imaginary forest?"

"Et bien! C'est l'endroit où tous les êtres imaginaires vivent!"

"Well! It is the place where all imaginary beings live!"

Et à ces mots, un lièvre fort et robuste les dépassa à toute allure, suivi d'une tortue qui avançait très doucement.

And with those words, a strong and robust hare passed by at great speed, followed by a tortoise who was moving very slowly.

"C'est le lièvre et la tortue de la poésie!" dit Amandine.

"It's the hare and the tortoise from the fable!" said Amandine.

Sur sa droite, un renard regardait vers le sommet d'un arbre où un corbeau bien en chair tenait en son bec un fromage. Et ici, une fourmi et une cigale discutaient.

On her right, a fox looked towards the top of a tree where a chubby crow was perched with a piece of cheese in its beak. And over there, an ant and a grasshopper were talking.

"Ils sont tous là, c'est extraordinaire! Mais madame la souris verte, pourquoi êtes-vous si malade alors que tous ont l'air d'être en forme?"

"They are all here, it's extraordinary! But Mrs. Green Mouse, why are you so sick while everything else seems in perfect health?"

"Regardez ceux-là, le lièvre, la tortue, le renard, le corbeau et tous les autres, on ne fait que parler d'eux dans vos écoles. La petite souris verte, aujourd'hui, plus personne n'en parle! Alors je suis malade maintenant!"

"Look at those there, the hare, the tortoise, the fox, the crow, and all the others. All you talk about at your school is them. No one talks about the tiny green mouse anymore! And that's why I am sick right now!"

"Ah bon?!"

"Really?!"

La souris verte s'exclama,

The green mouse exclaimed,

"Et oui! Si vous ne me chantez plus, je vais disparaître!"

"It's true! If you don't perform my story anymore, I will disappear!"

"Ça alors!"

"Oh my goodness!"

Amandine était complètement chamboulée. Elle passa beaucoup de temps avec la souris, visita la forêt imaginaire et rencontra tous ses amis des contes. Mais Amandine se dit qu'il fallait qu'elle rentre chez elle car ses parents allaient s'inquiéter.

Amandine was turned completely upside down. She spent a lot of time with the mouse, visiting the imaginary forest and meeting all of her friends from the fables. But Amandine told herself that she should go back home because her parents might begin to worry.

Une fois de retour, sa mère entrait tout juste dans sa chambre.

Upon returning, her mother suddenly entered her room.

"Amandine? Ah! Tu es là! Mais que fais-tu, je t'appelle depuis un quart d'heure! Le dîner est prêt."

"Amandine? Ah, there you are! But what are you doing, I have been calling you for a quarter of an hour! Dinner is ready."

"Euh, oui, oui, je finis d'apprendre ma poésie et j'arrive."

"Um, yes, yes, I am finishing learning my tale and then I'll come."

Depuis ce jour là, sachant que toutes ces histoires étaient vraies, Amandine apprenait par cœur. Très étonnés, ses parents et le maître monsieur Moulinot la félicitèrent ! Le lundi était devenu le jour préféré d'Amandine et elle chantonnait ses récitations avant d'aller à l'école.

From that day on, knowing that all those stories were real, Amandine learned them by heart. Very surprised by this, her parents and the schoolmaster, Mr. Moulinot, congratulated her! Monday had become Amandine's favourite day, and she joyfully sang out her recitations before going to school.

Un jour, elle voulut vérifier quelque chose. Alors elle prononça la formule...,

One day, she wanted to check something. So she said the formula...

"Une souris verte... et Pouf," dit-elle en soufflant chaleureusement.

"A green mouse...and Poof," she said, breathing excitedly.

Elle ouvrit la porte, passa légèrement la tête et vit madame la souris verte en pleine forme! Amandine avait réussi. Ravie, elle continua inlassablement de se raconter des histoires et de se réciter des poésies, pour le plaisir, et surtout, pour que tout ce petit monde puisse continuer à vivre dans la joie.

She opened up the door, carefully looked around, and saw Mrs. Green Mouse in good health! Amandine had succeeded. Delighted, she continued tirelessly retelling her stories and reciting her tales, not just to make herself happy, but mostly to ensure that this little world could continue to live joyfully.

Histoire 2 : Hélèna déménage

Story 2: Helena is Moving

Hélèna a toujours habité au même endroit depuis qu'elle est née. Elle est passée par la crèche, la maternelle et maintenant l'école primaire, tout ça, dans la même ville. Elle a plein de copines très sympathiques avec qui elle s'amuse tout le temps. Tous les mercredis après-midi, elles vont toutes ensemble jouer au parc du château et le samedi, c'est le cours de danse. Autant le dire, pour Hélèna, la vie est belle. Ses parents sont très gentils et en plus, elle a un petit frère qui a maintenant deux ans avec qui elle s'amuse très souvent.

Helena has lived in the same place since she was born. She went from the crib, to nursery school, and now primary school, all in the same town. She has a lot of very nice friends with whom she has fun with all the time. Every Wednesday afternoon, they all go together to play in the castle park and, on a Saturday, they have a dance class. One can say that, for Helena, life is beautiful. Her parents are very nice and, what's more, she has a little brother who is now two years old with whom she often has a lot of fun.

La semaine dernière, ils sont allés au zoo et elle a pu inviter Samantha et Mélanie. Tandis que le weekend prochain, c'est Stéphanie qui l'emmènera, elle et Anaëlle, au parc Astérix. Hélèna et ses copines, c'est toute sa vie. Ensemble, elles inventent des histoires, révisent les contrôles et draguent même les garçons. D'ailleurs, quand Hélèna était amoureuse de Bastien mais qu'elle avait peur de le lui dire, ses copines avaient échafaudé tout un plan pour qu'ils puissent se rencontrer. Hélèna se rappellera toute sa vie, quand elles avaient poussé Bastien, pour qu'il se mette à côté d'Hélèna dans le bus de l'école. Le problème, c'est que Bastien était plutôt amoureux de Samantha, mais comme c'était l'une de ses meilleures amies, Hélèna s'en fichait.

Last week, they went to the zoo and she was allowed to invite Samantha and Melanie. Next weekend, Stephanie is going to take her and Anaelle to Asterix park. Helena's friends are her entire life. Together, they invent stories, prepare for exams, and try to chat up boys. Moreover, when Helena was keen on Bastien, but was afraid to tell him, her friends came up with a plan for Helena and Bastien to meet. Helena will always remember the time her friends had pushed Bastien so that he sat right beside Helena on the school bus. The problem was that Bastien was rather fond of Samantha and as Samantha was one of her best friends, Helena didn't care.

Ce que préférait Hélèna, c'était les dimanches d'anniversaire. Il y en avait un presque tous les mois ! C'est à ce moment-là qu'elles faisaient les meilleures parties de cache-cache. Elles jouaient au Monopoly, à la bonne paye, faisaient des cabanes dans le jardin et des grands jeux en plein air. Hélèna et Samantha étaient les plus fortes au jeu de la Gamelle. Et une fois, elles avaient même eu le droit de faire du camping chez Julie. Elles avaient fait un petit feu de camp avec son papa, puis elles s'étaient racontées pleins d'histoires qui donnaient la chair de poule.

What Helena liked the most was Sunday birthday parties. There was one almost a month! It was at those events that they had the best hide-and-seek games. They played Monopoly, with good pay, made huts in the garden, and other great outdoor games. Helena and Samantha were the strongest at Kick-the-Can. And one time, they were allowed to do some camping at Julie's place. They made a small campfire with her dad, and then they told many stories that gave them all goosebumps.

Mais un jour, Hélèna remarqua quelque chose d'étrange chez elle. Dans le garage, elle découvrit des cartons empilés les uns sur les autres. Certains portaient le nom des pièces de la maison, cuisine, salle de bains, vaisselle ATTENTION FRAGILE ! Chambre de Lucas, Chambre d'Hélèna…etc. C'est bizarre, vous ne trouvez pas ? avait-elle dit à ses copines. Puis, plus les jours passaient, plus elle trouvait que la maison se vidait, jusqu'au jour où le drame arriva. C'était un samedi après-midi, au lieu d'aller à la danse avec ses copines, Hélèna et son frère durent rester avec leurs parents, car ils voulaient leur annoncer quelque chose. La révélation fut comme un coup de tonnerre, ils allaient déménager ! C'était horrible !

But one day, Helena noticed something strange at her place. In the garage, she found boxes piled one on top of one another, some with the names of rooms, kitchen, bathroom, and dishes (ATTENTION FRAGILE!), Lucas's Room, Helena's Room…etc.

"It's weird, don't you think?" she said to her friends. Then, as the days passed, she found the house was being emptied more, right up until the day the drama began. It was a Saturday afternoon, and instead of going dancing with her friends, Helena and her brother had to stay with their parents because they wanted to tell them something. The news came like a thunder strike: they were moving! It was dreadful!

Tout se passa très vite. Hélèna eu à peine le temps de dire au revoir à ses copines qui essayèrent de la rassurer. En plus, le déménagement se déroula pendant les grandes vacances, le moment de l'année où elle s'amusait le plus avec ses copines. La rentrée fut difficile pour Hélèna, elle ne connaissait personne. Comme c'était la première fois qu'elle déménageait, elle ne savait absolument pas comment s'y prendre. Plusieurs fois, elle essaya de s'intégrer mais en vain. Un jour, un groupe de garçons voulu l'inviter à jouer au football dans la cours, mais, un, d'abord, c'étaient des garçons, et deux, en plus, elle n'aimait pas le football. Elle regrettait déjà tous les moments merveilleux qu'elle avait passés avec ses anciennes copines. Ici, il n'y avait pas de Samantha qui faisait des blagues tout le temps, pas de Mélanie avec qui jouer à la marelle et pas d'Anaëlle championne de l'élastique !

Everything happened very quickly. Helena barely had time to say goodbye to her friends, who were trying to reassure her. On top of that, the move was taking place during the summer break, the time of year when she had the most fun with her friends! The start of the new school year was difficult for Helena — she did not know anyone there. As it was the first time she had moved, she did not know how to go about things. Many times, she tried to integrate, but to no avail. One day, a group of boys wanted to invite her to play football on the field. She hesitated. First, they were boys, and she didn't like boys. Second, and more importantly, she did not like football. She already missed all of the marvelous times she had had with her old friends. Here, there was no Samantha who made jokes all the time, no Melanie with whom she played hopscotch, and no Anaelle, the elastic champion!

On ne peut pas dire qu'Hélèna fut de mauvaise volonté, bien au contraire. Pendant un temps, elle resta seule, jusqu'à ce qu'un jour, l'opportunité se présenta finalement. Un groupe de filles acceptèrent qu'Hélèna se joigne à elles. Elles étaient quatre et maintenant cinq avec elle. Il y avait Patty, plutôt grande et forte, Christelle et Coralie qui étaient soeurs jumelles et Nora, toute petite mais très rapide.

You can't say that Helena was unwilling, though. Quite the contrary. She spent a lot of her time alone, until one day, an opportunity finally presented itself. A group of girls accepted Helena joining them! They were a group of four, and now five including her. There was Patty, who was tall and strong, Christelle and Coralie, who were twin sisters, and Nora, who was small but very fast.

Hélèna accepta, bien qu'un problème se posa très vite. Ses nouvelles copines étaient de vraies petites chipies, elles faisaient des bêtises tout le temps. Mais peu importe, Hélèna n'en pouvait plus d'être toute seule, il fallait coûte que coûte qu'elle sympathise avec les premières copines qu'elle trouverait. Seulement voilà, petit à petit, Hélèna se retrouva obligée de participer aux bêtises de ses nouvelles camarades. Un jour, elle dut boucher le lavabo avec du papier toilette et laisser le robinet couler pour que le lavabo déborde de partout, créant une inondation dans toutes les toilettes des filles! Elle n'était vraiment pas fière d'elle, mais elle n'avait pas d'autre choix, ou alors elle perdrait toutes ses amies. Une autre fois, on lui demanda d'effacer tout le tableau de la classe pendant la récréation, ou encore de renverser les tubes de peinture, de piquer les stylos de Vivien, de faire tomber son verre à la cantine, jusqu'à ce qu'un jour, Hélèna se fit prendre la main dans le sac.

Helena accepted, although a problem soon presented itself. Her new friends were real pranksters — they fooled around all the time. But, never mind that. Helena could not stand to be all alone anymore! Whatever the cost, she had to get along well with the first friends she found. Just like that, little by little, Helena found herself obliged to participate in the pranks of her new friends. One day, she had to fill up the wash basin with toilet paper and leave the tap running so that the basin overflowed everywhere, creating a flood in the girls' bathroom! She was not at all proud of herself, but she did not have any other choice. Otherwise, she would lose all her friends. Another time, they got her to erase the entire chalkboard in the classroom *during recess. Then, they got her to spill the paint tubes, to steal Vivien's pens, and knock over her glass in the cafeteria. It continued until, one day, Helena got caught red-handed.*

Alors qu'elle devait, à contre cœur bien sûr, mais il le fallait, écrire des gros mots au tableau, madame Hubert entra soudainement dans la classe. La sentence fut instantanée, punie pendant une semaine à recopier deux cents fois par jour l'engagement du règlement intérieur de l'école. Et en prime, Hélèna a été privée de sortie et de télévision pendant quinze jours ! Aucune excuse n'avait été retenue en sa faveur.

When she had to, against her will but she had to, write swear words on the chalkboard, Mrs. Hubert suddenly entered the classroom! The punishment was instantaneous: for one week, she had to copy two-hundred times per day the school's code of conduct. In addition, Helena was not allowed to go out, and she was not allowed to watch television for fifteen days! No explanation worked in her favor.

Hélèna retenue la leçon, parfois, il vaut mieux être toute seule, plutôt que mal accompagnée ! Elle se jura de ne plus être amie avec de mauvaises personnes. Heureusement, Hélèna se fit très vite de nouvelles amies avec qui elle s'amusa tout autant qu'avant. Et la cerise sur le gâteau, un an plus tard, Hélèna retrouva tout le monde au collège ! Elle put rassembler ses nouvelles et ses anciennes copines, et ensemble, elles créèrent une magnifique équipe de danse.

Helena learned her lesson. It was better to be all alone than to be with bad company! She swore to herself never to be friends with bad people ever again. Fortunately, Helena made some new friends very quickly and with whom she had fun with just as much as before. And the icing on the cake was when, one year later, Helena found all her friends again in college! She acquainted her new friends with her old friends and, together, they created a magnificent dance team.

Histoire 3 : Erwan & La Musique Des Sphères

Story 3: Erwan & The Music of the Spheres

Erwan est un jeune garçon plutôt curieux, mais parfois, un petit peu paresseux. Il aime lire, de temps en temps écrire, regarder des films et écouter de la musique. Tous les sujets de l'école l'intéressent, l'histoire, les mathématiques, le français, enfin toutes les matières quoi. Mais il y a une chose qu'il déteste par-dessus tout. Erwan ne supporte pas qu'on l'oblige à quoi que ce soit. Dès qu'il est obligé de faire quelque chose, celle-ci perd tout à coup de son intérêt pour Erwan, ça ne l'intéresse plus. Or, le problème, c'est que les parents d'Erwan veulent absolument qu'il fasse de la musique classique. C'est dommage, il aimait bien ça la musique, sauf que maintenant, il se sent obligé et n'aime plus cela.

Erwan is a young boy who is usually curious, but also a bit lazy sometimes. He likes to read, write from time to time, watch movies, and listen to music. He is interested in all the subjects in school – history, math, French, everything. However, there is one thing he detests more than anything else. Erwan does not like to be told what to do. As soon as he is obliged to do something, he loses all interest in it. Now, the problem is that Erwan's parents desperately want him to play classical music. It is too bad, because he really liked music but now he feels obliged to do it, and therefore does not like it anymore.

Chaque fois qu'il se rend au conservatoire, c'est une véritable torture. Le solfège lui paraît terriblement ennuyant. Il se demande pourquoi il est obligé, pourquoi il faut absolument apprendre la musique. Et pour couronner le tout, monsieur Constant, le professeur de musique, ne l'aime pas du tout. Il trouve, justement, qu'Erwan est particulièrement fainéant et qu'il ne s'intéresse pas volontairement à l'étude musicale. C'est faux! avait répondu Erwan, bien au contraire, je suis quelqu'un de très curieux, je le sais! avait-il ajouté. Il n'y avait rien à faire. Un jour, il fut puni à recopier la partition de, "Au clair de la

lune", jusqu'à la fin du cours! C'en était assez, Erwan ne voulait plus aller au conservatoire, mais il devait attendre la fin du trimestre.

Each time he goes to the conservatory, it is like torture. Music theory seems terribly boring to him. He asks himself why he is obliged to do this, why he absolutely must learn music. To top it all off, Mr. Constant, the music teacher, does not like him at all. He finds, justifiably, that Erwan is particularly lazy and he does not voluntarily interest himself in musical education. "That's not true!" responded Erwan. "On the contrary, I am someone who is very curious, I know this!" he added. There was nothing to be done. One day, as a punishment, he had to write the entire score of "Au Clair de la Lune," right up until the end of class! He had had enough, Erwan did not want to go to the conservatory anymore, but he had to wait until the end of the term.

Le dernier jour avant les vacances, on lui demanda quel instrument allait-il choisir pour la rentrée. Complètement désintéressé, il répondit au hasard, le piano, oui le piano sera très bien ! Les vacances passèrent et à son retour, Erwan était véritablement décidé, il n'avait pas repris le goût pour la musique et il partirait à la fin du trimestre. Tout de même, le premier cours serait sa leçon de piano, il n'aurait pas à supporter les humeurs de monsieur Constant, car celui-ci enseignait le violon.

On the last day before the holidays, Erwan was asked what instrument he was going to choose for the start of the school year. Completely disinterested, he responded haphazardly,

"The piano ... yes, the piano is a good choice!"

The holidays passed and, upon his return, Erwan was truly decided. He was still not interested in music, so he would leave at the end of the term. All the same, the first class would be his piano lesson, and he would not have to please Mr. Constant because he would be teaching violin.

Il arriva devant la porte de la salle de piano, frappa à la porte, attendit quelques instants, et entra. Contrairement à ce qu'il avait pensé, c'était une très belle pièce, la lumière orangée la rendait calme et apaisante. Un superbe piano noir l'attendait, posé sur un magnifique tapis, au milieu de la pièce. Son professeur l'accueillit chaleureusement. Il était plutôt jeune et portait de très beaux cheveux longs, il avait l'air très gentil.

He arrived at the door of the piano room, knocked on the door, waited a few moments, and then entered. Contrary to what he had imagined, it was a very beautiful room with calming and soothing amber lights. A superb black piano waited for him, placed in the middle of the room on a magnificent carpet. His teacher welcomed him warmly. He was fairly young and had very beautiful long hair. He seemed very nice.

"Bonjour mon cher Erwan. Je suis monsieur Sérap. Tu as donc choisi le piano, très bon choix!"

"Hello, my dear Erwan. I am Mr. Sérap. You have chosen the piano, good choice!"

Erwan était un petit peu timide.

Erwan was a little bit shy.

"Bien. Pour commencer, nous allons discuter un peu ensemble avant de se mettre à jouer du piano, tu veux bien?"

"Good. To start, we will chat a little before we begin to play, does that sound good?"

Erwan acquiesça. C'est alors que son nouveau professeur se mit à lui raconter une admirable histoire. D'où venait le piano, son passé, comment il avait été créé et pourquoi, et surtout, qu'est-ce qu'on pouvait faire avec ! Le premier jour, Erwan n'avait pas touché d'un poil le piano, ni le deuxième jour et ni le troisième. Il adorait venir, toutes les histoires que lui racontait monsieur Sérap étaient géniales.

Erwan agreed. That is when his new teacher began to tell him an admirable story about the piano's origins, its history, how it was created and why, and what he could do with it! The first day, Erwan did not touch even one key on the piano nor on the second day, or the third. He loved to go – all the stories that Mr. Sérap told were so interesting.

Le septième jour, Erwan se présenta comme d'habitude à la salle de piano. Il entra et pour la première fois, il vit son professeur assis derrière le piano noir. Monsieur Sérap lui demanda de s'installer à côté.

On the seventh day, Erwan went as usual to the piano room. He went in and, for the first time, he saw his teacher seated behind the black piano. Mr. Sérap asked Erwan to sit beside him.

"Aujourd'hui mon cher Erwan, nous allons parler de la véritable histoire que la musique nous raconte sans cesse, es-tu prêt?"

"Today, my dear Erwan, we are going to talk about the true story that music continually tells us. Are you ready?"

"Bien sûr! Mais comment la musique pourrait-elle raconter une histoire, elle n'a pas de bouche? s'exclama Erwan."

"Definitely! But how can music tell us a story if it doesn't have a mouth?" exclaimed Erwan.

"Détrompe-toi! Ouvre bien grand tes oreilles, elles seront tes yeux pour aujourd'hui, c'est d'accord?

"Don't be mistaken! Open your ears wide – they will be your eyes today, okay?"

"Oui!" répondit Erwan, pressé de voir ce que son professeur allait lui présenter.

"Yes!" responded Erwan, anxiously waiting to see what his teacher would present him with.

« Je vais te dire un grand secret. Mais attention, un secret, c'est sacré! Et tout ce qui est sacré, ça se crée! dit monsieur Sérap en rigolant. Je plaisante, garde ce secret pour toi, et n'en parle à personne. »

"I am going to tell you a secret. But be careful, a secret is sacred! And everything that is sacred, is binding!" said Mr. Sérap laughing. "I'm joking, keep the secret to yourself, and do not tell anyone."

"C'est promis!" dit Erwan.

"It's a promise!" said Erwan.

"Alors voici, savais-tu que la musique, lorsqu'elle est bien jouée, elle créait des sphères?"

"Well then, did you know that music, while it's being played well, creates spheres?"

"Des sphères?! s'étonna Erwan. « Je n'ai jamais vu de sphères en écoutant de la musique! »

"Spheres?!" said Erwan in amazement. "I have never seen spheres when listening to music!"

"Ah bon? Alors approche-toi un petit peu et concentre-toi."

"Oh yah? Well come a little bit closer and concentrate."

Erwan tendit l'oreille et écouta monsieur Sérap qui interprétait un morceau d'Erik Satie.

Erwan picked up his ears and listened while Mr. Sérap played a piece by Erik Satie.

"C'est la Gnosienne n°1," lui souffla-t-il doucement pendant qu'il jouait.

"It is the Gnosienne #1," he whispered softly while playing.

"Je ne vois rien!" s'écria Erwan.

"I don't see anything!" Erwan remarked.

"Concentre-toi encore un peu. Tu vas voir, ça va venir…"

"Concentrate a little bit more. You will see, it will come…"

Alors Erwan fit un immense effort de concentration. Il se laissa absorber par la musique et tout à coup, il crut percevoir en effet une petite sphère qui s'échappait du piano. Cela ressemblait à une bulle de savon, avec quelques reflets colorés.

So Erwan tried his hardest to concentrate. He allowed himself to be absorbed by the music and, all of a sudden, he thought he saw a small sphere coming out of the piano. It resembled a soap bubble with reflecting colors.

"Wouah! C'est fantastique! Qu'est-ce que c'est?" demanda-t-il.

"Wow! It's fantastic! What is it?" he asked.

"Ceci mon cher Erwan, c'est ce qu'on appelle la Musique des Sphères! Et sais-tu ce que l'on peut faire avec?"

"This, my dear Erwan, is what we call the Music of the Spheres! And do you know what we can do with it?"

"Non," répondit Erwan.

"No," responded Erwan.

"À l'intérieur de ces sphères, il y a tout un monde, tout un univers dans lequel tu peux aller te balader."

"Inside one of these spheres, there is another world, an entire universe which you can explore."

"C'est vrai?" demanda Erwan, totalement émerveillé.

"For real?" asked Erwan, totally amazed.

"Oui! Chaque musique possède sa propre sphère, son propre univers!"

"Yes! Each piece of music has its own sphere, its own universe!"

"Et comment fait-on pour y aller?" questionna Erwan très curieux.

"And how do we go there?" inquired Erwan curiously.

"Pour cela, il faut jouer soit même la musique!"

"For that, it is necessary to play the music yourself!"

"Alors il faut absolument que j'apprenne à jouer du piano!" dit Erwan plein de joie.

"Then I absolutely have to learn how to play the piano!" said Erwan happily.

Erwan s'entraîna, dès qu'il le pouvait, il apprenait les notes de musique, les partitions, le solfège et le piano. Presque tous les jours, il trouvait un moment pour s'entrainer. Ses parents étaient ravis et monsieur Constant ne l'embêtait plus. C'est alors qu'un jour, tandis qu'il s'était exercé durant de longues heures, il s'installa derrière le piano de la salle de musique, ferma les yeux, et se mit à jouer. Ses mains se baladèrent sur les touches du piano et créèrent une somptueuse mélodie. Et seulement là, alors qu'il jouait sans réfléchir, il put rejoindre le monde caché dans la sphère qui s'échappait du piano. Erwan n'en croyait pas ses yeux, ce monde était magnifique, peuplé de nombreuses créatures que l'on rencontrait souvent dans les contes de fées.

Erwan practiced as often as he could. He learned musical notes, scores, theory, and the piano. Almost every day he found time to practice. His parents were delighted and Mr. Constant did not bother him anymore. One day, after he had been practicing for a long time, he settled at the piano in the music room, closed his eyes, and started to play. His hands glided over the piano keys effortlessly, creating a sumptuous melody. In that moment, while he was playing without thinking, he was able to enter the hidden world in the sphere that was released from the piano. Erwan could not believe his eyes! This world was magnificent, inhabited by numerous creatures typically found in fairy tales.

Depuis ce jour, Erwan s'entraîna nuit et jour, et il devint l'un des plus grands musiciens du monde, et surtout, l'un des premiers écrivains de la Musique des Sphères, pour ceux qui savaient la reconnaître bien sûr.

From that day on, Erwan trained night and day, becoming one of the best musicians in the world and, of course, one of the first writers of Music of the Spheres, for those who could recognize it, of course.

Histoire 4 : Chloé & Les Cartes Du Destin

Story 4: Chloe & The Fortune Cards

Chloé a toujours été une fille très brillante. Exemplaire dans tous les domaines, que ce soit le sport comme la grammaire, Chloé est, et restera, la meilleure, telles étaient ses convictions ! Bien que Chloé soit excellente, il y a une chose dans laquelle elle n'est pas très douée. Elle a toujours essayé de le cacher aux autres, mais en ce moment, ça devient de plus en plus dur. En fait, Chloé a peur du futur, elle n'aime pas, ne pas savoir, ce qu'il va lui arriver. Et c'est sans doute pour cela, que Chloé a toujours été la plus forte. Ne sachant jamais ce qu'il pouvait se passer, Chloé préférait tout prévoir, tout calculer. Sauf que, en grandissant, il se passe de plus en plus de choses, et cela devient très difficile pour Chloé, de tout envisager.

Chloe has always been a very bright girl. Exemplary in all areas, whether sports or grammar, Chloe is, and will always be, the best, such were her beliefs! Although Chloe is excellent, there is one thing she is not so talented at. While she has always tried to hide it from others, it has become more and more difficult. Chloe is actually afraid of the future, she doesn't like not knowing what will happen to her. Without a doubt, that is why Chloe has always been the best. Never knowing what could happen, Chloe preferred to plan and calculate everything. However, as Chloe gets older, and more and more things happen, it becomes very hard for her to anticipate everything.

Il fallait qu'elle trouve une solution. Que ce soit le matin lors du petit-déjeuner, le midi à la cantine ou alors le soir pendant le dîner, Chloé se creusait les méninges sans arrêt. Elle avait beau penser à tout, rien ne lui venait. Impossible de trouver une idée qui pourrait la sauver et le temps presse de plus en plus. Un jour, alors qu'elle était partie se promener dans le quartier Latin de Paris, accompagnée de ses parents, quelque chose attira son regard. Derrière une vitrine d'une drôle de boutique, entouré de seulement quelques livres, était posé sur un petit socle un jeu de cartes. En dessous était inscrit : "L'avenir vous fait peur, vous voulez connaître votre destin et découvrir ce que le futur vous réserve, ce jeu est fait pour vous, pour seulement 12 € !"

She had to find a solution. Whether it was in the morning at breakfast, in the afternoon in the cafeteria, or in the evening at dinner, Chloe racked her brains without stopping. She had thought of everything, but nothing came of it. It was impossible to find an idea that would save her and the clock was ticking. One day, while she was walking with her parents in the Latin Quarter of Paris, something caught her eye. Behind a window of a peculiar boutique, with only a few books in it, there lay on a small stand a game of cards. Underneath it were inscribed the words: "The future scares you, you would like to know your destiny and discover what your future holds for you –this game is for you, for only €12!"

C'était ça qu'il lui fallait ! Après quelques rudes négociations, Chloé obtint 12 € de ses parents et le jeu de cartes était maintenant en sa possession. Une fois rentrée chez elle, Chloé s'enferma à double tour dans sa chambre et déballa le paquet de cartes. Ce n'était pas des cartes ordinaires, loin de là, chacune d'entre elles affichaient une image et un chiffre romain. Aucun problème pour Chloé qui bien sûr savait compter jusqu'à au moins vingt-neuf en chiffre romain. Un petit livret explicatif était fourni avec les cartes. Ce n'était pas si simple que cela, Chloé devait déjà apprendre ce que signifiaient les images. Il y en avait de toutes sortes, un soleil, une étoile, une lune, il y en avait même une avec un squelette, et une autre qui ressemblait au jeu du pendu !

That's what she needed! After a few tough negotiations, Chloe obtained the 12€ from her parents and the card game was now in her possession. Once back home, Chloe locked herself away in her bedroom and unwrapped the pack of cards. They weren't just ordinary cards – far from it, each one had a different image and a roman numeral on it. This was not a problem for Chloe, who knew how to count up to at least twenty-nine in Roman numerals. A small guidebook was included with the cards. It wasn't as simple as that, though. Chloe had to learn the significance of the images. There were all sorts of them – a sun, a star, a moon, and there was even one with a skeleton, and another that resembled a hangman!

C'est alors que Chloé étudia toutes les cartes, ainsi que la manière dont il fallait les poser pour connaître l'avenir. Quand elle pensa qu'elle avait assez appris, elle décida de faire un test. Un soir, elle se dit, je vais changer de place le couteau et la fourchette de papa, on va bien voir ce que les parents diront. Elle disposa soigneusement les cartes en croix, les retourna, analysa bien chacune d'entre elles et comment elles étaient placées. Cela ne faisait aucun doute, les cartes étaient très claires quant à la suite des évènements. Son papa allait se tromper de couvert pour manger. Ainsi, ce soir elle se dépêcha de mettre la table, s'assis avant même que le repas fut servi.

It was when Chloe was studying all the cards that she discovered it was the manner in which the cards were played that predicted the future. When she felt she had learned enough, she decided to do a test. One night, she decided she was going to change the place of her father's knife and fork, then see what her parents said. She carefully placed the fortune cards into a cross, turned them over, and then analyzed each of them thoroughly and how they were placed. There was no doubt – the cards were very clear in predicting the series of events. Her father would choose the wrong piece of cutlery for eating. Thus, tonight she hurried to set the table, and sat before the meal was even served.

Et bien, on aimerait te voir plus souvent comme ça ! dit sa mère en plaisantant.

"Well, well, we like to see you come early like this more often!" said her mother jokingly.

Après quelques minutes, le moment tant attendu arriva. Tout le monde pris place et le repas fut servi dans les assiettes. Le regard pointé sur son père, Chloé s'impatientait. Allez, allez, prend donc un couvert papa, vas-y ! se dit Chloé qui n'en pouvait plus d'attendre. Celui-ci, étonné du comportement de sa fille, finit tout de même par étendre lentement sa main. Encore un peu, encore, et enfin ! Sans s'en rendre compte, il tenait le couteau plutôt que la fourchette. « Eureka ! » s'écria Chloé, « ça fonctionne, les cartes avaient raison, tu t'es trompé de couvert ! »

After a few minutes, the moment she had been waiting for arrived. Everyone took their seats and the meal was served. Watching her father carefully, Chloe was growing impatient. Come on, come on, pick up your cutlery dad, go on! thought Chloe, who could not wait any longer. Although shocked by the behavior of his daughter, her father reached out his hand. A little more, and, at last! Without realizing it, he held the knife rather than the fork.

"Eureka!" shouted Chloe, "It works! The cards were right, you picked the wrong piece of cutlery!"

Chloé avait enfin trouvé une parade à ses problèmes. Elle s'y essaya plusieurs fois, et immanquablement, les cartes donnaient l'avenir avec une exactitude implacable. Soulagée, Chloé pu enfin reprendre une vie plus tranquille. Cela dura un temps jusqu'à ce qu'un jour, quelque chose de terrible arriva. Les cartes délivrèrent un message effroyable. Chloé n'en croyait pas ses yeux, les cartes prédisaient qu'elle allait devoir redoubler sa classe !

Chloe had finally found a solution to her problems. She tried it many times, and without fail, the cards predicted the future with impeccable accuracy. Relieved, Chloe could finally live a more peaceful life. That lasted a little while until, one day, something terrible happened. The cards delivered a horrifying message. Chloe could not believe her eyes – the cards predicted that she would have to retake a grade!

D'abord intriguée, Chloé recommença plusieurs fois, mais le même verdict tomba à plusieurs reprises. Affolée, Chloé déchira ses cartes, c'était impossible, elle qui réussissait tout, elle ne pouvait pas redoubler ! Le lendemain confirma la prédiction donnée par les cartes. En sport, alors qu'elle courrait, un de ses lacets se détacha. Elle dû s'arrêter pour le refaire, et elle perdu

beaucoup de temps. Elle qui était toujours la première arriva presque dans les derniers. Le jour même, elle oublia plusieurs mots dans son autodictée, chose qui ne lui était jamais arrivée !

Intrigued initially, Chloe started over many times, but the same verdict came about several times. Panic-stricken, Chloe tore up the cards. It was impossible! She succeeded at everything – she could not retake a grade! The very next day, however, the prediction the cards made was confirmed. In sports, while she was running, one of her laces came undone. She had to stop to tie it, and she lost a lot of time. Chloe, who always came in first, almost came in last. That very same day, she forgot several words in her memory writing, something that never happened to her!

Elle finit par se dire que les cartes ne mentaient pas, cela était inévitable, elle allait redoubler sa classe. Sachant le résultat, elle arrêta de travailler, de toute façon s'était certainement son destin, et ce n'est pas elle qui en avait décidé ainsi. Revenant continuellement avec des mauvaises notes, ses parents s'inquiétèrent, comment leur fille qui était si brillante pouvait dégringoler comme cela ? Chloé n'arrêtait pas d'y penser, c'était plus fort qu'elle. Alors que tout espoir semblait perdu, refusant la défaite, elle se remit au travail de plus belle. Je ne me laisserai pas abattre de la sorte ! Lentement, mais surement, elle remonta la pente. La fin de l'année arrivée et Chloé avait peur de ne pas pouvoir rattraper son retard.

She told herself that the cards never lied, that was obvious, and that she was going to retake her grade. Knowing the result, she stopped working. Her destiny was certain, and she wasn't the one who had decided it. She continued to get bad grades, and her parents were worried. How could their daughter, who was so smart, collapse like this? Chloe could not stop thinking about it. Just as all hope seemed to be lost, and refusing defeat, she began working harder. I will not let this defeat me! she said to herself. Slowly, but surely, she climbed back up. The end of the year arrived and Chloe was scared that she would not be able to make up what she had lost.

Le dernier jour arriva. Toute tremblante de peur, Chloé attendait les résultats, allait-elle redoubler ou passer dans la classe supérieure ? Plus qu'une personne et c'était son tour. Ça y est ! Chloé venait de recevoir les notes de ses évaluations où juste en dessous, il était inscrit au stylo rouge : Passe avec les félicitations ! Chloé s'écria de joie, s'en était moins une.

The final day had arrived. Trembling with fear, Chloe awaited her results. Would she have to retake the grade or would she move on to the next grade? One more person and then it was her turn. That was it! Chloe had just received the marks of her evaluations. Written in red pen beneath was written: "Pass with highest honours!" Chloe shouted with joy! That was one less.

Quelques mois plus tard, le premier jour de la rentrée, Chloé ne put s'empêcher de repenser à toutes ces histoires. Qu'il y ait une destinée ou pas, ce qui compte, ce n'est pas l'arrivée finalement, mais le chemin parcouru entre les deux, où tout peut encore se passer. Et pour finir, se dit-elle, l'avenir ça ne s'écrit pas, ça se vit !

A few months later, on the first day back at school, Chloe could not stop herself from thinking about all of the stories. Whether there is a destiny or not, what counts is not the final destination, but the path taken towards it. That is where everything happens. Finally, she told herself, the future isn't written, it is lived!

Histoire 5 : Léo & Basile Le Gnome

Story 5: Leo & Basil the Gnome

Léo était un petit garçon qui n'avait jamais vraiment eu beaucoup de chance. Il habitait un petit village au milieu de la campagne, dans une toute petite maison et en plus, il était le plus petit de sa classe. La famille de Léo était plutôt modeste et son seul ami, c'était son chien Michi.

Leo was a little boy who had never really had a lot of luck. He lived in a small village in the country, in a very small house and, what's more, he was the smallest boy in his grade. Leo's family was humble and his only friend was his dog, Michi.

Souvent, Léo et Michi partaient se balader dans les bois pendant une après-midi entière. Tandis que ses camarades de classe, qui ne l'aimaient pas tellement, eux, passaient des heures devant des écrans d'ordinateur ou sur des consoles de jeux. Ses camarades n'étaient vraiment pas gentils avec lui, car sa maison était toute petite et qu'il n'avait pas d'argent de poche pour pouvoir s'acheter des bonbons à l'épicerie du village. De toute façon, Léo n'aimait pas les bonbons. C'était vrai qu'il en avait marre d'habiter dans une maison si petite.

Often times, Leo and Michi went walking in the woods for an entire afternoon. His schoolmates, who didn't like him very much, spent this time in front of computer screens or playing video games. His schoolmates were not very friendly to him because his house was very small and he had no pocket money to buy candy from the shop in the village. Leo did not like candy, anyway. It's true, though, that he had had enough of living in a small house.

À l'école, personne ne voulait se mettre à côté de lui. Léo n'était pas mauvais élève, et il n'était pas non plus la tête de la classe. Le premier de la classe, c'était Benoît Alphonse. Son père était dentiste et sa mère vétérinaire. Ils étaient riches et avaient une énorme maison. Benoît était certainement le plus méchant de ses camarades de classe. Le matin, il sortait de la voiture décapotable de son père et la première chose qu'il faisait, c'était de défaire le cartable de Léo et toutes ses affaires tombaient par terre.

At school, nobody wanted to sit next to him. Leo was not a bad student, and neither was he the brain of the class. The brightest boy in his class was Benoit Alphonse. His father was a dentist and his mother was a vet. They were rich and had an enormous house. Benoit was certainly the meanest out of all of his classmates. In the morning he got out of his father's convertible and the first thing he did was remove Leo's backpack and all his belongings fell on the ground.

Un jour, Léo décida cette fois-ci de partir seul dans la forêt. Léo avait une idée en tête, un grand projet. Il voulait construire une cabane immense, tellement grande, que toute sa classe pourrait y entrer sans être serrée. Il avait même dessiné un plan entier de sa future maison qu'il appellerait, la Villa Léo !

One day, Leo decided he would go to the forest alone this time. Leo had an idea in his head, a big project. He wanted to construct a huge cabin, so big that his class could get in there without being squashed. He even drew up an entire plan for his future house, which he would call Villa Leo!

Il commença par rassembler toutes les branches dont il aurait besoin, fit plusieurs tas et ramassa beaucoup de feuilles pour le toit. Il lui fallait laisser quelques espaces libres pour les fenêtres et surtout, fabriquer une porte colossale pour donner l'impression dès l'entrée, que la maison était très grande.

He started by gathering all the branches that he needed, made many piles, and then gathered a lot of leaves for the roof. He had to leave a few spaces free for the windows and, most importantly, to construct a colossal door to give the immediate impression that one was in a very large home.

Une fois le travail terminé, Léo annonça à ses amis qu'il avait une nouvelle maison. Ils ne le crurent pas sur le moment, mais Léo réussit à les convaincre, ils viendraient visiter sa maison demain après-midi. Le lendemain, quelle ne fut pas sa surprise et sa déception lorsqu'une fois arrivée devant sa cabane, il a vu qu'elle était complètement écroulée. Le toit s'était totalement affaissé sur le reste de la cabane. Au même moment, ses camarades arrivèrent. Ils ne manquèrent pas de se moquer de lui. Triste, Léo rentra chez lui. Son chien Michi qui le connaissait par coeur se rapprocha de lui pour lui faire des câlins. Mais cela ne suffisait pas pour réconforter Léo.

Once he finished the work, Leo announced to his friends that he had a new house. They did not believe him at first, but Leo was successful in convincing them, and they would to go to visit the next afternoon. The very next day, to his surprise and disappointment, he found that the cabin had completely collapsed. The roof was sagging badly on the rest of the cabin. At that very moment, his schoolmates arrived. They did not miss the opportunity to mock him for it. Sad, Leo went back to his home. His dog, Michi, who knew him well, approached him to give some affection. But this wasn't enough to comfort Leo.

Quelques jours passèrent et Léo décida finalement de ne pas se laisser abattre de la sorte. Dessinant de nouveaux plans pour sa cabane, il prit quelques outils de son père et retourna dans la forêt. Durant toute une après-midi, il travailla avec courage à la reconstruction d'une superbe cabane. Mais en vain, cette fois-ci, la maison s'écroula au moment même où il posa la dernière branche. Les larmes aux yeux, Léo s'assit sur un rondin de bois, la tête enfouie dans ses bras. Alors que tout espoir semblait perdu, quelque chose vint sortir Léo de sa tristesse. Quelqu'un tirait doucement sur son manteau.

A few days passed and Leo finally decided not to let it bring him down. Drawing up new plans for his cabin, he took a few tools from his father and went into the forest again. For an entire afternoon, he worked with great courage on the reconstruction of his superb cabin. But, to no avail. This time, his house collapsed the very moment he set down the last branch. With tears in his eyes, Leo sat down on a tree stump, with his head buried in his arms. Just as all hope seemed lost, something brought Leo out of his sadness. Someone was pulling lightly on his coat.

"Eh? Monsieur le petit garçon?"

"Hey? Mr. Little Boy?"

Léo leva la tête et sursauta de surprise. Un tout petit être, pas plus grand qu'une chaussure, lui faisait face.

Leo lifted his head and jumped in surprise. A small person, no bigger than a shoe, was looking at him.

"Et bien? Que vous arrive-t-il monsieur petit garçon? Pourquoi êtes-vous si triste."

"What happened Mr. Little Boy? Why are you so sad?"

Étonné que quelqu'un fût plus petit que lui, Léo sécha ses larmes et répondit.

Surprised that someone could be smaller than him, Leo dried his tears and responded.

"Je suis petit, je n'ai pas d'argent poche, ma maison est toute petite et en plus, je n'ai pas d'ami. Je voulais me construire une superbe cabane, mais je n'y arrive pas."

"I am small, I do not have any pocket money, my house is very small, and on top of that, I don't have any friends. I wanted to build a superb cabin, but I can't."

"Je vois," dit le petit être. "Et comment vous appelez-vous?"

"I see," said the small person. "And what is your name?"

"Je m'appelle Léo, et vous, qui êtes-vous, et pourquoi êtes-vous si petit?"

"My name is Leo, and you, who are you, and why are you so small?"

"Moi, je suis Basile le Gnome!" dit le petit être tout joyeux. "Les gnomes sont toujours petits."

"Me, I am Basil the Gnome!" said the small person gleefully. "Gnomes are always small."

"C'est quoi un gnome?" répondit Léo.

"What is a gnome?" responded Leo.

"Un gnome est un être magique de la forêt. C'est nous qui construisons toute la forêt!"

"A gnome is a magical being in the forest. It is we who construct the entire forest!"

"Wouah! C'est incroyable!" s'exclama Léo. "Alors tu peux m'aider à construire ma cabane?"

"Wow! That's incredible!" exclaimed Leo. "So you can help me build my cabin?"

"Ah oui! Pourquoi pas, justement, je venais de finir mon travail. Allons-y!"

"Ah, yes! Why not, I just finished doing my work. Let's go!"

Léo n'en croyait pas ses yeux, il venait de rencontrer un être magique et en plus, il avait maintenant un nouvel ami ! Léo et Basile le Gnome se mirent directement au travail. Basile connaissait plein de choses sur les arbres. Bien mélangés, les différents arbres avaient des pouvoirs magiques. Du chêne par ici, du bouleau par là, un peu de cèdre, quelques branches de noisetier, de la lavande pour parfumer, une gousse d'ail pour les mauvais esprits et quelques feuilles de tilleul qui selon les dires de Basile, apportaient la joie et faisait fuir les choses tristes ! Une fois que la construction était terminée, Basile appela quelques-uns de ses amis.

Leo could not believe his eyes. He had met a magical being and, what's more, he now had a new friend! Leo and Basil the Gnome went straight to work. Basil knew plenty of things about the trees. Mixed well, the different trees had magical powers. Some oak here, some silver birch there, a bit of cedar, a few hazel tree branches, lavender for a nice scent, a clove of garlic to get rid of the evil spirits, and a few lime tree leaves which, according to Basil, brought joy and got rid of all things that made people sad! Once the construction was complete, Basil called over a few of his friends.

— Mes amis vont maintenant enchanter ta maison ! dit Basile.

"My friends will now enchant the house!" said Basil.

Une fée, un gnome des rivières, et une petite salamandre jaune et noir vinrent à la rencontre de Léo. Ils étaient tous petits comme Basile et très gentils. La fée dispersa un peu de poudre

d'or, le gnome des rivières a fait pleuvoir quelques gouttes magiques et la salamandre cracha quelques étincelles de feu enchanté.

A fairy, a river gnome, and a yellow and black salamander came to meet Leo. They were all small like Basil and very nice. The fairy scattered a little golden powder, the river gnome sprinkled some magical rain drops, and the salamander spat a few enchanted sparks.

"Et voilà! s'écria Basile le Gnome, le tour est joué. Tu peux maintenant inviter tes camarades dans ta nouvelle maison!"

"And there it is!" said Basil the Gnome, "the job is done. You can now invite your schoolmates to your new home!"

Le lendemain, Léo passa une nouvelle annonce pour la visite de sa maison. Comme précédemment, ses camarades se moquèrent de lui. Mai Léo savait que cette fois-ci, c'est lui qui gagnerait. Ils arrivèrent devant la cabane qui, de l'extérieur, paraissait vraiment toute petite. Ses camarades pouffèrent de rires mais lorsqu'ils entrèrent, tous tombèrent sous le charme. L'intérieur de la cabane était gigantesque. C'était magnifique, il y avait de la lumière partout, plusieurs étages immenses, des fleurs et surtout, il y avait tous ses nouveaux amis magiques de la forêt!

The next day, Leo passed around a new invitation to visit his home. Like before, his schoolmates mocked him. But this time, Leo knew that he would be the one to win. They arrived in front of the cabin, which looked, from the outside, very small. His schoolmates sniggered but entered nonetheless, and fell under the spell. The interior of the cabin was gigantic. It was magnificent – there was light everywhere, several spacious levels, flowers, and, on top of that, all of his magical friends from the forest were there!

Ainsi, toute la classe devint les meilleurs amis de Léo. Même si Michi resterait à jamais son meilleur ami bien sûr. Depuis ce jour-là, tous les week-ends, au lieu de jouer à l'ordinateur et la console de jeux, toute la classe vient s'amuser dans la Villa Léo de la forêt.

Thus, the entire class became Leo's best friends, though Michi would always be his closest friend, for sure. And since that day, every weekend, instead of playing on the computer or playing video games, the entire class has fun at Villa Leo in the forest.

Chapter "Good Will"

Helping others without expectation of anything in return has been proven to lead to increased happiness and satisfaction in life.

We would love to give you the chance to experience that same feeling during your reading or listening experience today...

All it takes is a few moments of your time to answer one simple question:

Would you make a difference in the life of someone you've never met—without spending any money or seeking recognition for your good will?

If so, we have a small request for you.

If you've found value in your reading or listening experience today, we humbly ask that you take a brief moment right now to leave an honest review of this book. It won't cost you anything but 30 seconds of your time—just a few seconds to share your thoughts with others.

Your voice can go a long way in helping someone else find the same inspiration and knowledge that you have.

Scan the QR code below:

OR

Visit the link below:

https://geni.us/aHojs58

Thank you in advance!

Histoire 6 : Arthur Nevus & La Lunette Céleste

Story 6: Arthur Nevus & The Celestial Glasses

Voyager dans l'espace, partir à la recherche d'autres civilisations à travers l'univers tout entier, tels sont les rêves les plus fous d'Arthur Nevus ! Garçon très curieux et très ambitieux, le jeune Arthur a le regard constamment tourné vers les étoiles et la tête dans les nuages. Sa chambre est un véritable laboratoire digne des plus grands savants. On y trouve des affiches de la NASA, tout un tas de gadgets et d'outils que tout astronaute se doit d'avoir à portée de main.

To travel to space, in search of other civilizations across the entire universe ... these are the crazy dreams that Arthur Nevus has! A very curious and ambitious boy, the young Arthur always has his gaze towards the stars and his head in the clouds. His bedroom is a veritable laboratory worthy of the greatest savants. You find NASA posters, a pile of gadgets, and all the tools an astronaut should have on hand.

Tous les soirs, Arthur scrutait l'espace au travers de son télescope qui sortait de son velux. Malheureusement, le weekend dernier, alors qu'il effectuait une expérience très compliquée, une catastrophe désastreuse a fini par détruire complètement son télescope. Par chance, il a reçu une petite somme d'argent pour s'acheter un nouveau télescope le jour de son anniversaire. Tout était planifié, il avait rendez-vous mercredi après-midi à la boutique de l'espace qui se trouvait au coin de la rue.

Every evening, Arthur searched outer space with his telescope through his skylight. Unfortunately, last weekend while he was carrying out a complicated experiment, a disastrous catastrophe completely destroying his telescope! Luckily, he was given a small amount of money to buy a new telescope on his birthday. Everything was set. On Wednesday afternoon he had an appointment at the space store at the corner of the road.

Lorsqu'Arthur est entré dans la boutique, il s'est cru comme transporté dans un vaisseau spatial. Il y avait des combinaisons d'astronaute de toutes les sortes, des maquettes de fusées, des répliques miniatures de toutes les planètes, des télescopes et pleins d'autres choses qu'Arthur aurait aimé s'acheter. Alors qu'il parcourait les rayons, un drôle de personnage est apparu entre deux étagères. Il racontait tout un charabia qu'Arthur Nevus ne comprenait absolument pas.

As Arthur entered the store, he felt as if he had been transported in a space vessel. There were astronaut suits of several varieties, model rocket ships, miniature replicas of all the planets, telescopes, and lots of other things that Arthur would have liked to buy. While he was wandering through the aisles, a funny looking person appeared between two of the shelves. He spoke a kind of gibberish that Arthur Nevus did not understand at all.

"Bien le bonjour petit jeune homme, que puis-je faire pour vous!"

"Well good day little man, what can I do for you?"

Il avait une petite touffe de cheveux blancs mal coiffés et une grosse paire de lunettes qui lui faisait de grands yeux globuleux. Ça devait certainement être un grand savant, se dit Arthur.

He had a small tuft of messy white hair and a large pair of glasses that made his large eyes bulge. This has to be a great savant, thought Arthur.

"Bonjour monsieur, je voudrais m'acheter un nouveau télescope," a-t-il répondu.

"Hello sir, I would like to buy a new telescope," he responded.

"Je n'ai plus de télescope à vendre mon petit bonhomme, je suis désolé."

"I am sorry, I do not have any more telescopes to sell, my young gentleman."

"Mais si!" s'est écrié Arthur. "J'en ai vu plein à l'entrée."

"Oh, but you do!" shouted Arthur. "I saw plenty in the entrance."

"Ce ne sont que des pauvres joujoux pour décorer! Allez, allez, du vent, j'ai du travail!"

"Those are nothing but poor toys used for decoration. Go, go, on your way, I must work!"

Mais Arthur n'avait pas dit son dernier mot. Après de longues négociations, il avait enfin réussi à obtenir quelque chose du savant.

But Arthur had not said his final word. After some long negotiations, he was finally successful in obtaining something from the savant.

"Écoute mon petit, je veux bien faire effort pour toi si tu me promets quelque chose."

"Listen my little man, I would like to help you, but you have to promise me something."

"C'est d'accord!" a confirmé Arthur.

"Okay!" confirmed Arthur.

"Je vais te prêter le dernier télescope qui me reste, le seul que je n'ai jamais vendu et que je ne vendrais jamais!"

"I will lend you the last telescope that I have, the only one that I have never sold and will never sell!"

"Pourquoi cela?" a demandé Arthur.

"Why?" asked Arthur.

"Parce qu'il n'est pas à moi pardi!"

"Because it does not belong to me, of course!"

"À qui appartient-il?"

"Who does it belong to?"

"Ça, c'est un secret ! Aussi, je veux que tu me promettes que tu me le rendras en parfait état ! Est-ce que c'est clair?"

"That is a secret ... but, I want you to promise me that you will return it to me in perfect condition! Is that clear?"

"Parfaitement monsieur!"

"Perfectly clear, sir!"

Le savant est alors revenu avec une drôle de machine pas comme les autres. Arthur n'arrivait pas à croire que cette chose pouvait voir dans l'espace. Un siège de bureau était relié à une immense roue de vélo par plusieurs fils. Les pédales étaient

posées sur les accoudoirs et au-dessus de la tête pendait une grosse ampoule.

The savant came back with a funny looking machine unlike all the others. Arthur did not believe that thing could see into space. An office seat was connected to a huge bike wheel with strings. The pedals were placed on the armrests and on the top of it there was a large bulb.

"Sans commentaire s'il te plaît. Tu verras, ça fonctionne. Ceci, est une Lunette Céleste!"

"No commentary please. You will see, it works. This is the Celestial Glass!"

En partant, le savant lui avait donné une paire de grosses lunettes comme les siennes.

Before Arthur left, the savant gave him a pair of large glasses like his own.

"N'oublie pas de les mettre parce que sinon tu ne verras rien du tout! Allez, bon voyage mon cher Arthur Nevus."

"Don't forget to put them on, otherwise you will not be able to see anything! Go! Happy travels, my dear Arthur Nevus."

Impatient, la nuit a fini par tomber et Arthur s'est installé dans le siège de la machine. Il a actionné les pédales des accoudoirs, la roue s'est mise à tourner et la lumière s'est allumée. Tout à coup, contre toute attente, Arthur se sentit projeter vers le ciel ! Pris de panique, il a tout de suite fermé les yeux. Au bout de quelques instants, les turbulences se sont calmées et Arthur a pu les rouvrir. Ce qu'il voyait était incroyable ! Il faisait face à une immense ville où pleins de voitures volaient dans les airs et des vaisseaux gigantesques planaient au-dessus des gratte-ciel.

At long last, nightfall came and Arthur planted himself into the seat of the machine. As he began pedaling, the wheel began to turn and the bulb lit up. All of a sudden and quite unexpectedly, Arthur felt himself being propelled towards the sky! Panic-filled, he closed his eyes tightly. After a few moments, the turbulence calmed and Arthur reopened his eyes. What he saw was incredible! He was face-to-face with a huge town where lots of cars flew above the ground and gigantic vessels glided over skyscrapers.

Alors qu'il contemplait cet étonnant paysage, un jeune petit garçon, du même âge que lui est arrivé.

While he was gazing at this amazing landscape, a young boy, about the same age as him, arrived.

"Oh, salut! Tu es venu avec le professeur Rumerec?!"

"Oh, hello! Have you come here with professor Rumerec?!"

"Euh, je ne connais pas de professeur Rumerec!" a répondu Arthur.

"Um, I do not know a professor Rumerec! Arthur replied.

"Mais si forcément — c'est moi qui lui ai offert cette machine!"

"But of course you do — I'm the one who gave him this machine!"

"Ah! Le savant fou de la boutique de l'espace! Mais qui es-tu pour savoir fabriquer une machine comme celle-là, et où sommes-nous?"

"Ah! The crazy scientist in the space store! Well, who are you to know how to build a machine like that, and where are we?"

"Je m'appelle Annko Velarènne! Ici, c'est la planète Zalka, nous sommes très exactement de l'autre côté de l'univers!"

"My name is Annko Velarenne! We are on the planet Zalka, precisely on the other side of the universe!"

Puis Annko a finalement tout raconté à Arthur, l'histoire de leur civilisation, la colonisation de la galaxie, l'exploration de l'Univers et bien d'autres choses jusqu'à ce qu'il lui annonce une terrible nouvelle. La planète Zalka était très gravement malade. L'industrie de leur planète avait détruit toute leur atmosphère, sali tous les océans, pollué l'air et brûlé les forêts. Le jeune Annko Velarènne était très triste, car ils allaient quitter leur planète et vivre pendant longtemps dans des vaisseaux avant de retrouver une nouvelle maison.

Annko shared with Arthur the story of their civilization — the colonization of the galaxy, the exploration of the Universe, and many other things. Then, he told Arthur some terrible news. The planet Zalka was in very bad shape. The industry on their planet had destroyed the entire atmosphere, dirtied the oceans, polluted the air, and burned down the forests. The young Annko Velarenne was very sad because they were going to leave their planet and live for a long time in his vessel before finding another home.

"Mais comment est-ce possible! Vous n'avez pas trouvé de solution?" a demandé Arthur.

"But, how is that possible? Haven't you found a solution?" asked Arthur.

"Si, mais c'est trop tard ... nous ne pouvons plus revenir en arrière."

"Yes, but it is too late ... we can't go back in time."

Arthur et Annko ont encore discuté pendant de longues heures. Mais Annko devait rejoindre ses parents pour embarquer dans leur vaisseau spatial, c'était l'heure pour les habitants de Zalka de quitter leur planète. Arthur lui aussi était très triste pour Annko. Lorsque il est parti, Arthur est retourné dans la machine du savant. Il s'est alors réveillé le lendemain matin dans son lit, la Lunette Céleste tournée vers son velux.

Arthur and Annko discussed this for many hours. But Annko had to rejoin his parents to leave in their space vessel. It was time for the residents of Zalka to leave their planet. Arthur was very sad for Annko too. When he had left, Arthur returned to the savant's machine. He woke up the next morning in his bed, the Celestial Glass turned towards his skylight.

Il venait de vivre l'expérience la plus folle de tous les temps. Maintenant, il le savait, il y avait d'autres Humains dans l'espace qui les regardaient. Arthur a fini par rendre la Lunette Céleste au savant fou, le fameux professeur Rumerec. Et à ce moment-là, il n'a pu s'empêcher de penser, nous avons quand même de la chance nous, d'être encore sur notre planète. Il y a encore des arbres, des océans et de l'air pour respirer ! Je vais tout raconter au président, il ne faut absolument pas qu'il se passe la même chose que sur la planète Zalka ! Quand on a un bon chez soi, il faut le garder propre ! Et quelques années plus tard,

le jeune Arthur Nevus est devenu le plus grand savant de tous les temps, engagé pour la sauvegarde de la planète Terre, et le premier explorateur de l'espace.

He had just come from having the craziest experience of all time. Now, he knew there were other humans in space who were watching them. Arthur went to return the Celestial Glass to the crazy savant, the famous professor Rumerec. And at that very moment, he thought about the fact that we are very lucky to live on our planet. There are still trees, oceans, and air to breathe! I will tell the president everything, what happened on the planet Zalka absolutely cannot happen to us! When we have a great home, we have to take good care of it! A few years later, the young Arthur Nevus became the best savant of all time, engaged in saving the planet earth, and the first explorer of outer space.

Histoire 7 : Pas Vu, Pas Pris!

Story 7: Not Seen, Not Taken!

Bonjour, je m'appelle Tommy. Je suis plutôt sympathique, mais je ne suis pas très fortiche à l'école. Heureusement, pour m'en sortir, j'ai développé une technique imparable, je triche! Mais attention, tricher, ça demande un certain talent! Il y a pleins de manières différentes de tricher, et surtout, le plus dur, c'est qu'il ne faut pas se faire prendre. Pour les autodictées, une antisèche dans la trousse et le tour est joué. Quoi?! Vous ne savez pas ce qu'est une antisèche? Il va falloir vous mettre à jour les amis! Une antisèche, c'est un petit morceau de papier sur lequel est écrit ce que vous ne voulez pas oublier le jour de l'examen. Ça fonctionne plutôt bien comme technique, mais le problème, c'est qu'il est difficile de rester discret. Au bout d'un moment, ça se voit quand on regarde tout le temps dans notre trousse.

Hello, my name is Tommy. I am mostly friendly, but I am not very good at school. Luckily, I have found a fool-proof method for getting by — I cheat! You must understand, cheating requires a certain talent! There are many different ways to cheat, but the hardest part is not getting caught. For writing tests, all you need is a cheat-sheet in your pencil case and there you have it. What?! You don't know what a cheat-sheet is? It's time to give you a lesson, my friends! A cheat-sheet is a small piece of paper, on which you write things you don't want to forget on the day of the exam. It works well as a technique, but the problem is that it is difficult to hide. After a while, it becomes obvious when you're looking in your pencil case all the time.

J'aime bien la technique du bras. Une fois, j'ai écrit la moitié des réponses de mon cours sur le bras gauche, l'autre moitié sur le bras droit. En revanche, ne faites pas ça l'été, parce que si vous enlevez votre pull à cause de la chaleur, tout le monde verra que vous avez triché. La clé pour réussir dans cette discipline, c'est que le tricheur ne doit en aucun cas être démasqué, même par ses amis. Les rapporteurs, on les connaît! Alors motus et bouche cousue, ne dites rien à personne sur votre profession. Et oui, autant vous le dire, ceci demande un professionnalisme hors du commun, il faut des années d'entraînement. Personnellement, j'ai commencé à tricher dès mon plus jeune âge. Déjà à la maternelle, en petite section, je testais mes talents prometteurs.

I really like the arm technique. One time, I wrote half of the answers for my test on the left arm, and the other half on the right arm. However, don't do it in the summer, because if you take off your pullover due to the heat, everyone will see that you have cheated. The key to being successful at this is to never be exposed, even by your friends. The tattle-tales, you know them! So, mum's the word, don't tell anyone what you're up to. And yes, I should just say that this requires unusual expertise and many years of training. Personally, I started cheating when I was very young. Already in the youngest section of pre-school, I was testing my promising skills.

Mais c'est le jour de ma rentrée en CP que j'ai tout de suite compris que c'était ma vocation. Instinctivement, sans même réfléchir, j'ai regardé par-dessus l'épaule de mon voisin pour recopier sur lui. J'ai même un jour volé un bon point à Christelle, qui était derrière moi, pour obtenir une image plus vite. Je ne sais pas si c'est pareil dans votre école, mais chez moi, quand on a dix bons points, on a une image. Et quand on obtient dix images, on a le droit un superbe poster! Pas de doute, il fallait que je triche pour obtenir mes dix images. C'est ce que je fis avec succès, et la récompense qui m'a été donnée fut un magnifique poster de Harry Potter. Depuis ce jour, je me suis dit qu'être un tricheur, c'était un peu comme faire de la magie. Parce qu'on le sait, entre vous et moi, la magie, c'est des bêtises, ça n'existe pas!

But it was the beginning of the school year in the first grade when I knew right away that it was my calling. Instinctively, without even thinking about it, I looked over my neighbor's shoulder to copy what he had written. One day, I even stole a gold star from Christelle, who was behind me, so as to get a card faster. I don't know if it's the same at your school, but at mine, when you have ten gold stars, you get a card. And when you have ten cards, you get an awesome poster! Without a doubt,

I had to cheat to obtain my ten cards. It is what I did successfully, and the payoff was that I got a magnificent poster of Harry Potter. From that day on, I told myself that to be a cheater is sort of like doing magic. Between you and me, we know that magic is stupid and doesn't exist!

Sauf que voilà, cette année, c'est le drame! J'ai un nouveau professeur, monsieur Boniface. Monsieur Boniface, il n'est pas né de la dernière pluie, je peux vous le dire. C'est un vieux professeur qui connaît très bien tous les trucs et astuces des tricheurs. Dès le premier jour, il a remarqué mes talents en la matière et il garde constamment l'œil sur moi. Mais je ne me suis pas laissé faire de la sorte, à ce jeu, c'est moi le maître. Il a fallu que je développe toute une stratégie pour déjouer tous les coups de mon adversaire. Je suis même allé jusqu'à apprendre une poésie par coeur pour effacer ses soupçons! Je vous rassure, je préfère tricher, c'est bien plus marrant. Alors voilà, j'ai doucement insufflé en lui le doute afin qu'il ne puisse lire mon jeu. J'ai fait de fausses anti-sèches, écrit des phrases d'amour sur mes bras. D'ailleurs, toute la classe fut prise d'un fou rire ce jour là. C'était le jour de la dictée. J'ai fait exprès de remonter mes manches et de lire les phrases qu'il y avait sur mes bras. Monsieur Boniface s'est mis en colère jusqu'à ce qu'il se rende compte que je ne trichais pas!

Except, this year there is drama! I have a new teacher, Mr. Boniface. I can tell you, Mr. Boniface was not born yesterday. He is an old teacher who knows all the tricks of cheaters. From the first day, he noticed my talents in subjects and he kept an eye on me constantly. But I would not let it faze me. At this game, I am the master. I had to develop a strategy to parry my adversary's blows. I even went as far as memorizing an entire story to erase his suspicions! I can assure you that I prefer cheating — it is much more fun. So, very gently, I sowed doubt in his mind and he could not read my games. I had made fake cheat-sheets and wrote love letters on my arms. Moreover, the entire class laughed hysterically that day. It was dictation day. I rolled up my sleeves and read the phrases that were written on my arms. Mr. Boniface was very angry when he realized that I was not cheating!

Après de nombreuses farces, j'avais réussi mon coup, monsieur Boniface ne savait plus où donner de la tête. Je pouvais dès maintenant me mettre réellement au travail. Et ça tombait bien, parce que cette année, on devait écrire un exposé entier sur un sujet tiré au sort. On a formé des groupes de trois et vous savez ce que j'ai fait ? J'ai bien entendu triché pour tomber avec les bonnes personnes. Antoine et Jamila étaient les deux premiers de la classe. Je n'ai pas pu m'empêcher de pouffer de rire quand j'ai vu le regard accusateur que m'a lancé monsieur Boniface. Mais comme on dit toujours, c'est une grande devise des plus grands tricheurs : pas vu, pas pris !

After many practical jokes, I was successful in my game, and Mr. Boniface did not know which way to turn anymore. I could then start work for real. And it turned out well, because that year we had to write a paper on a subject matter chosen randomly. We formed groups of three, and do you know what I did? Of course I cheated to be paired with good people. Antoine and Jamila were the best students in class. I could not help but laugh hard as soon as I saw the accusatory look Mr. Boniface gave me. But it's like we great cheaters always say: Not seen, not taken!

Par contre, je m'en veux un petit peu, car j'ai loupé mon dernier tour, je n'ai pas réussi à tricher en ayant le sujet le plus facile. Mais figurez-vous que la chance était avec moi, le sujet sur lequel nous sommes tombés, ma fine équipe et moi, s'intitulait : La magie en littérature et au cinéma. Vous n'allez pas me croire, mais quelque chose d'étrange s'est passée en moi tout au long de notre travail au cours de l'année. Si, si, c'est vrai, j'ai été complètement passionné par ce sujet. À tel point, que c'est moi qui ai fait presque toutes les recherches. J'ai lu au moins six livres différents, regardé des dizaines de films, je suis allé au cirque, et même au théâtre. C'était fabuleux, j'ai appris pleins de choses extraordinaires et surtout, j'ai découvert ce que ça faisait de réussir quelque chose véritablement par soi-même ! À la fin de l'année, nous avons fait notre présentation devant toute la classe et nous avons obtenu la meilleure note ! Notre exposé était tellement bien que monsieur Boniface l'a distribué dans toutes les classes, ainsi qu'aux parents !

On the other hand, I felt a bit stupid because I had messed up – I did not succeed in cheating when I had the easiest subject. Chance was on my side and the subject that was given to us, my fine team and me, was the following: magic in literature and in the cinema. You will not believe me, but something strange happened to me during all of the work we did in that class that year. Yes, yes, it's true, I was completely passionate about the subject! So much so that it was me who was doing all the research. I read at least six books, watched dozens of films, I went to the circus, and even to the theatre. It was fabulous; I learned a lot of extraordinary things, and most of all, I discovered what it's like to be successful of your own accord! At the end of the year, we presented in front of the class and our group received the best mark in the class! Our exposition was so good that Mr. Boniface distributed it to all the classes, and even to the parents!

Je n'ai jamais été aussi fier de moi, et depuis ce jour, j'ai arrêté de tricher. Je me suis rendu compte, que ce qui avait du vrai mérite, c'était ce qu'on faisait par soi-même !

I have never been as proud of myself and since that day I have stopped cheating. I realized that what you do on your own has a lot of merit!

Histoire 8 : Missa Rose Au Pays de Grotte-En-Brac

Story 8: Missa Rose in Cave-in-Brac Country

Missa Rose est une jeune petite fille de la Tribu Sunev. Les oreilles pointues et le visage fin, les Sunev sont des Elfes de Forêt des hautes montagnes. Et dans cette tribu elfique, une vieille légende raconte que le Grand Mage et Sage Serhem-Hott est revenu un jour du sommet de la montagne avec une pierre magique, La Pierre de Tiphéret, dit, la Pierre du Soleil. Alors que les elfes de la tribu Sunev vivaient paisiblement, jaloux, des Gobelins maléfiques du sombre royaume de Kuhtmal se sont attaqués à eux pour leur dérober la Pierre du Soleil. Mais un jour, la maman de Missa Rose est tombée gravement malade. Aucune magie n'a réussi à la sauver de sa mystérieuse maladie.

Missa Rose is a young, small girl from the Sunev Tribe. With pointy ears and a thin face, the Sunev are elves of the forest in the high mountains. In this elf tribe, an old legend tells the story of a Great Wiseman and Sage Serhem-Hott who came back one day from the summit of the mountain with a magical stone, The Stone of Tipheret, also known as the Sun Stone. While the elves in the Sunev tribe lived peacefully, a band of jealous and evil goblins of the dark kingdom of Kuhtmal attacked them to steal the Sun Stone. One day, Missa Rose's mom fell terribly ill. Not a single magical thing cured her of this mysterious illness.

Missa Rose a alors décidé de rendre visite au Grand Mage Serhem-Hott qui vivait plus haut, proche du sommet de la montagne. Celui-ci a alors jugé qu'il lui faudrait user d'un grand pouvoir magique pour sauver sa maman de sa terrible maladie. Missa Rose a réfléchi pendant de longues heures avant d'en conclure que le Grand Mage parlait certainement de la Pierre de Tiphéret, la Pierre du Soleil. Le lendemain, Missa a pris son bâton et son baluchon en direction de la vallée pour rejoindre l'effrayant royaume des Gobelins. Elle savait ce qui l'attendait.

On racontait que le monde de la vallée était peuplé d'ogre mangeur d'enfant, de loup, de sorcier et de lutins voleurs !

Missa Rose then decided to pay a visit to the Great Wiseman Serhem-Hott who lived above, closer to the top of the mountain. He judged that it was necessary to use a great magical power to save her mom from this terrible illness. Missa Rose thought for a long time before concluding that the Great Wiseman was certainly talking about the Stone of Tipheret, the Sun Stone. The next day, Missa took her stick and her bundle of clothes and began her journey into the valley to find the frightening kingdom of the goblins. She knew what was waiting for her. It had been said that the valley was inhabited by a child-eating ogre, a wolf, a sorcerer, and thieving goblins!

Après une journée entière de marche, Missa Rose est arrivée dans le village de Nobleroche. C'était le lieu parfait pour faire une pause. Ici, il n'y avait que des Humains. Une fois dans l'auberge, un jeune garçon s'est présenté à elle. Quel hasard ! Lui aussi, qui avait entendu parler de la légende de la Pierre du Soleil, voulait tenter de la trouver. Il s'appelait Iséod, et son père magicien lui avait transmis la Pierre de Lune. Ravie de rencontrer un allié dans sa quête, Missa Rose a donc accepté qu'Iséod se joigne à elle.

After an entire day of walking, Missa Rose arrived in the town of Noblerock. It was the perfect place to rest. Here, there was nothing but humans. She made her way inside an inn, where a young boy approached her. By chance, he had also heard the legend of the Sun Stone, and wanted to find it. His name was Iseod, and his magician father had given him the Moon Stone. Excited to meet an ally in her quest, Missa Rose accepted Iseod joining her.

À l'aube, Iséod et sa Pierre de Lune, ainsi que Missa Rose et sa magie elfique sont partis plein de courage pour affronter les monstres de la vallée. Aucun répit ne leur a été accordé. Dès le premier jour, ils se sont fait attaquer par une bande de crapauds baveurs. Le deuxième jour, c'était une horde de fées malfaisantes et le troisième jour un grand dragon à trois queues. Heureusement, Iséod avait avec lui une épée enchantée et Missa Rose un bâton merveilleux. À eux seuls, ils ont réussi à éliminer tous leurs ennemis. Mais le pire restait à venir. Presque personne n'était revenu vivant du sombre Royaume de Kuhtmal. Le dixième jour seulement, ils arrivaient enfin à leur destination. Un grand panneau de bois affichait : Maudit soient ceux qui entrent au Pays de Grotte-En-Brac, Grand Royaume de Kuhtmal !

At sunrise, Iseod, with his Moon Stone, and Missa Rose, with her elf magic, left with a lot of courage to confront the monsters of the valley. They weren't given a break at all. Straightaway on the first day, they were attacked by a group of slobbering toads. The second day, it was a hoard of evil fairies, and on the third day, it was a big dragon with three tails! Luckily, Iseod had an enchanted sword with him and Missa Rose had a magical wand. They were successful in eliminating all their enemies on their own. But the worst was yet to come. Almost no one had ever returned alive from the dark Kingdom of Kuhtmal. On the tenth day, they finally arrived at their destination. A big wooden sign said: Cursed be those who enter Cave-in-Brac Country, the Great Kingdom of Kuhtmal!

C'était terrifiant. Plus loin, derrière le panneau, ils pouvaient voir un grand escalier de pierre qui s'enfonçait vers les profondeurs de la terre. C'est ainsi que leur véritable quête commençait, prenant leur courage à deux mains, à la rencontre du royaume maléfique des Gobelins. Les escaliers s'enfonçaient très profondément et aucune lumière ne les éclairait. Mais Iséod avait plus d'un tour dans son sac. Munis de sa Pierre de Lune, à l'aide d'une formule magique très ancienne, la Lumière dissipa les ombres. Plus ils s'avançaient, et plus ils devaient se boucher le nez tellement l'air sentait mauvais !

It was terrifying. A bit further along, behind the sign, they could see a big stone staircase that descended into the depths of the earth. It was then that their true quest began. Taking their courage in both hands, they went into the evil kingdom of the Goblins. The stairs descended very deep and not a single light lit their way. But Iseod had more than one trick in his bag. Equipped with his Moon Stone, and with the help of a very old magical spell, he was able to disperse the darkness with light. The more they advanced, the more they were forced to hold their noses, as the smell in the air was putrid!

Soudain, des cris se sont fait entendre ! C'était des cris de Gobelins qui avaient dû être alertés par la lumière de la Pierre de Lune d'Iséod. Vite ! se sont-ils dits en même temps, il faut se cacher. Ils ont couru à toute vitesse pour tenter de trouver un endroit sûr. Là ! juste là, derrière la pierre ! a hurlé Missa Rose. Et c'est là qu'ils ont pu voir, enfin, la raison de toute leur mission. Juste derrière eux, non loin de la roche où ils étaient cachés, un pont suspendu menait à une grande colonne dans laquelle était encastrée la fameuse Pierre de Tiphéret, la Pierre du Soleil. Malheureusement, étant alors entourée d'obscurité, au coeur du Royaume de Kuhtmal, elle ne brillait plus. Iséod et Missa Rose se sont alors dépêchés pour la récupérer avant que les Gobelins n'arrivent et retournèrent se cacher.

All of a sudden, they heard shouting! It was the Goblins shouting as they must have been forewarned by the light emitted by Iseod's Moon Stone.

"Quick!" they said at the same time, "We must hide!"

They ran flat out trying to find a safe spot.

"There! Right there, behind that rock!" yelled Missa Rose.

It was there that they finally saw the purpose of their mission. Just behind them, not far from the rock where they were hiding, a suspension-bridge led to a big column, and embedded in it was the famous Stone of Tipheret, the Sun Stone. Sadly, in complete darkness in the middle of the Kingdom of Kuhtmal, it did not shine anymore. Iseod and Missa Rose hurried to recover it before the Goblins arrived, then returned to hide.

Voyant que la Pierre du Soleil avait disparu, les Gobelins se sont précipités vers la colonne. Iséod est alors sortis de sa cachette, et à l'aide de son épée enchantée, il a violemment tranché les cordes qui tenaient le pont suspendu. Les Gobelins ne pouvaient plus faire demi-tour et Iséod ainsi que Missa Rose ont pu tranquillement retourner vers la surface ! Le chemin du retour a été plus calme qu'à l'allée. Au passage du village Humain de Nobleroche, Missa Rose a proposé à Iséod de l'accompagner chez elle. Celui-ci, qui secrètement était tombé amoureux de Missa Rose a accepté sans hésitation !

Seeing that the Sun Stone had disappeared, the Goblins rushed towards the column. Iseod left his hiding spot, and with the help of his enchanted sword, he violently cut the cords that held the bridge. The Goblins could not turn around and Iseod, along with Missa Rose, could now return to the surface! The route back proved to be calmer than the way in. On the path to the Human town of Noblerock, Missa Rose asked Iseod to accompany her back home. Having secretly fallen in love with Missa Rose, he accepted without hesitation!

À leur arrivée, la maman de Missa Rose était extrêmement mourante. Avec l'aide de la tribu tout entière, ils l'ont emmené dans la demeure de Serhem-Hott le Grand Mage. Mais celui-ci craignait qu'il ne soit trop tard, elle était trop malade, la Pierre du Soleil ne serait peut-être pas suffisante. Après de grandes invocations magiques, la Pierre du Soleil se mit à briller très fortement. Pendant des heures, le Grand Mage a fait tout ce qui était en son pouvoir pour sauver la maman de Missa Rose, mais en vain, la maladie était plus forte que lui !

When they arrived, Missa Rose's mother was close to death. With the help of the entire tribe, they brought her to the house of Serhem-Hott the Great Wiseman. When he looked at her, however, he feared it was too late, that she was too ill — the Sun Stone would perhaps not suffice. After some great magical invocations, the Sun Stone shone very brightly. During the hours that passed, the Great Wiseman did everything in his power to save Missa Rose's mother, but in spite of this, her illness was stronger than he was.

Alors que sa maman allait rendre son dernier souffle, que sa vie allait s'échapper vers d'autres horizons, Missa Rose a serré sa mère très très fort, l'embrassa sur le front en disant : "Je t'aime maman, ne t'en va pas !" Tout le monde se taisait, ne sachant ce qui allait se passer, puis tout à coup, le mal était parti ! La maman de Missa Rose s'est redressée et pu répondre à sa fille : "Moi aussi je t'aime ma chérie". Houra ! a crié de joie toute la tribu, ils avaient vaincu le mal ! Plus tard, Missa Rose et Iséod, après toutes ses aventures, se sont finalement mariés. Ils ont unis les tribus des Hommes et des Elfes et plus jamais ils ne se sont fait attaquer par les Gobelins !

As her mother was about to take her last breath, and her life was about to depart for other horizons, Missa Rose hugged her mother very, very hard, saying, "I love you mom, don't go!" Everyone stayed quiet, not knowing what was going to happen then, all of a sudden, the illness left her! Missa Rose's mother recovered and could then respond to her daughter, "I love you too my dear." "Hooray!" the tribe shouted for joy — they had cured the illness! Later on, Missa Rose and Iseod, after all their adventures, finally got married. They unified the human and elf tribes and they were never attacked by the Goblins again!

Voilà ce que s'est dit Missa Rose lorsque le temps était venu pour elle de devenir elle aussi une maman : Finalement, l'amour, comme toujours, restera la plus grande des magies !

Here is what Missa Rose said as soon as the time came for her to become a mother: "Finally, love, like always, will remain the best kind of magic!"

Histoire 9 : Matéo Ne Partage Rien

Story 9: Mateo Shares Nothing

Matéo habite dans une propriété privée immense, en plein coeur de la forêt. Sa maison ressemble à un petit château et son jardin est rempli d'un nombre incalculable de jouets. Ce qui ne manquait pas d'en rendre plus d'un jaloux ! Trampoline, piscine, toboggan géant, petite moto électrique, mini-golf et bien d'autres choses qui plairait à n'importe quel enfant de ce monde. Matéo arrive à l'école toujours très bien habillé, avec des biscuits et des gâteaux pour les récréations, et surtout, un sac entier de bonbons ! De toute façon, Matéo a toujours tout, des billes, des pogs brillants, des cartes pokemons rares, toutes les consoles avec tous les jeux, autant dire qu'il ne manque presque de rien.

Mateo lives in a huge private property in the heart of the forest. His house resembles a small castle and his garden is filled with an uncountable number of toys. What he has would render anyone jealous! He has a trampoline, a pool, a giant slide, a small electric bike, mini-golf, and many other things that would please any kid in the world. Mateo always goes to school well dressed, with cookies and cake for recess, and, of course, a full bag of candy! In any case, Mateo always has everything; marbles, Dragon Ball Z cards, rare Pokemon cards, and every video game console with every game. One might say that he's not short of anything.

En fait, le problème de Matéo, bien qu'il ait tout pour lui, c'est qu'il ne veut absolument rien partager. Même ce qu'il ne finit pas à la cantine, il ne veut pas le donner. Pourtant, il n'a pas l'air si méchant, mais personne ne comprend pourquoi il est si égoïste, il veut tout pour lui, et lui tout seul. Du coup, Matéo n'a aucun ami, personne ne veut jouer avec lui parce qu'il veut toujours avoir le meilleur rôle et la meilleure place. Résultat, à la récréation, Matéo se retrouve tout seul, sur un banc, avec son portable, ses bonbons, et ses biscuits. Les filles comme les garçons, personne ne veut le voir. Finalement, Matéo a tout, mais il s'ennuie terriblement. Fils unique, il n'a même pas de frère ou de soeur avec qui s'amuser le weekend. Et quand il se balade dans le village pour retrouver ses camarades d'école, ils fuient tous pour l'éviter.

In fact, Mateo's problem, even though he has everything, is that he never wants to share. Even if he doesn't finish something in the cafeteria, he won't give the remainder away. He does not seem mean, but no one understands why he is so selfish – he wants everything for himself, and only for himself. So, Mateo has no friends. No one wants to play with him because he always wants the best role in the best situation. The result is that Mateo can always be found alone on a bench at recess, with his mobile phone, his candies, and his cookies. Neither the girls nor the boys want to see him. Although Mateo has everything, he is terribly bored. As an only child, he doesn't even have a brother or sister to have fun with on the weekend. And when he walks through the town to find his schoolmates, they do everything to avoid him.

Un jour, en plein milieu de l'année, une jeune fille du nom de Miranda a fait son entrée dans l'école. Tout le monde l'appelait la nouvelle. Comme elle ne connaissait personne, elle s'est alors rapprochée de Matéo pendant les récréations. Intrigué par cette nouvelle arrivante, qui semblait faire semblant de ne pas voir que Matéo ne voulait rien partager, celui-ci timide, n'a pas réussi à lui refuser des bonbons. Et c'est ainsi que Matéo est tombé totalement amoureux de Miranda qui avait bien voulu être son amie. Ils s'amusaient tout le temps ensemble et toute la classe ne comprenait pas pourquoi Matéo avait bien voulu partager un petit peu avec Miranda. Mais comme celle-ci n'était pas timide du tout, petit à petit, elle est devenue amie avec tout le monde. Voyant que son amour lui échappait, Matéo ne sachant plus quoi faire a préféré retourner seul dans son coin.

One day, in the middle of the year, a young girl named Miranda arrived at school. Everyone called her the newbie. Since she did not know anyone, she approached Mateo during recess. Intrigued by this new arrival who gave the impression that she hadn't noticed that Mateo did not share anything, and being timid, he was not successful in refusing her some candies. And that is how Mateo fell totally in love with Miranda, who really wanted to be his friend. They had fun together all the time and the entire class could not understand why Mateo wanted to share some things with Miranda. Since she was not shy at all, little by little, she became friends with everyone. Seeing that his love was leaving him, Mateo, not knowing what to do, preferred to return to his corner.

Il ne se doutait pas que le retour à la solitude serait si difficile. Il a alors décidé qu'il inviterait Miranda chez lui pendant toute une après-midi. Il avait un peu peur, car c'était la première fois qu'il invitait quelqu'un dans sa maison. Ce jour-là a été l'un des plus beaux de sa vie. Miranda était une fille super chouette qui se fichait bien des apparences. Tout était parfait jusqu'à ce que Matéo décide de lui avouer la vérité. Plein de courage, il lui

a expliqué qu'il était amoureux d'elle et lui a demandé si elle voulait bien devenir sa copine. Miranda n'a pas paru étonnée une seule seconde. Alors qu'ils faisaient un tour dans le petit train électrique de la propriété de Matéo, Miranda l'a embrassé sur la joue ! Matéo a senti son cœur battre à toute vitesse, et il est devenu tout rouge.

He did not realize that the return to solitude would be so difficult. So he decided that he would invite Miranda to come to his house for an afternoon. He was a bit scared, as it was the first time that he had invited someone to his house. That day was one of the best of his life. Miranda was a really great girl who did not care about appearances. Everything was perfect, until Mateo decided to tell her the truth. With a lot of courage, he explained that he had feelings for her and asked her if she wanted to be his girlfriend. This did not surprise Miranda for one second. As Mateo gave her a tour of his property in his small electric train, Miranda kissed him on the cheek! Mateo felt his heart start to race, and he blushed.

"Moi aussi je t'aime beaucoup Matéo," avait-elle dit. "Je veux bien devenir ta copine, mais à une seule condition! Que tu cesses d'être égoïste à ce point."

"Me too, I like you a lot Mateo," she said. "I would really like to become your girlfriend, but on one condition! You have to stop being selfish from this point on."

D'abord sur un petit nuage, Matéo est retombé d'un coup les pieds sur terre. Comment osait-elle ! Il avait tout fait pour elle, jusqu'à même l'inviter chez lui !

From being on cloud nine, Mateo fell back down to earth. How dare she! He had done everything for her, even invited her to his house!

"Mais... mais...," avait bredouillé Matéo, ne sachant quoi dire.

"But... but...," stammered Mateo, not knowing what to say.

Matéo n'a pas eu le temps de donner sa réponse, les parents de Miranda venaient d'arriver pour la récupérer. Il était tout triste, et en même temps en colère. Il ne comprenait pas pourquoi tout le monde voulait qu'il donne ce qu'il avait. C'était à lui après-tout ? Ils n'avaient qu'à se les acheter leurs bonbons, non ? Les jours ont passé et Matéo s'est encore une fois retrouvé tout seul. Mais cette fois-ci, il n'en pouvait plus, surtout quand il s'est rendu compte que Jérémy draguait Miranda ! Il fallait absolument qu'il trouve une solution sinon, il ne pourrait plus jamais être avec Miranda.

Mateo did not have the time to give a reply, as Miranda's parents had just come to pick her up. He was really sad, and, at the same time, angry. He did not understand why everyone wanted him to give away what he had. Wasn't it his, after all? They just had to buy their own candy, didn't they? Days had passed and Mateo again found himself alone. But this time, he could not take it anymore, especially when he realised that Jeremy was trying to chat up Miranda! He absolutely had to find a solution, otherwise he could never be with Miranda.

Un jour, alors que toute la classe jouait à l'épervier, il s'est rapproché de Miranda pour lui demander s'il pouvait jouer avec eux. Les autres ne voulaient pas tellement de lui, mais Miranda a insisté. À la fin de partie, alors que tout le monde allait repartir, Matéo s'est écrié, attendez, attendez ! J'ai quelque chose pour vous ! Il avait amené avec lui son plus gros sac de bonbons. Prenez en un chacun ! Mais Miranda lui a fait les gros yeux. Euh, je voulais dire trois chacun ! a-t-il ajouté. Tout le monde était très content. Petit à petit, Matéo se mis à

partager, il distribuait des biscuits, des gâteaux, des bonbons, il prêtait sa Gameboy et même sa trottinette. Plus le temps passait, et plus il redevenait ami avec tout le monde.

One day, while the class was playing British Bulldogs, he approached Miranda to ask if he could play with them. The others did not really want him, but Miranda insisted. At the end of the game, while everyone was leaving, Mateo shouted, "Wait, wait! I have something for you!" He had brought with him his largest bag of candy. "Everyone take one!" But Miranda cast a glare at him. "Um, I meant to say three each!" he added. Everyone was very happy. Little by little, Mateo began to share. He gave out cookies, cake, and candies; he lent his Gameboy out, and even his scooter! The more time that passed, the more he became friends with everyone.

Lorsque le jour de son anniversaire est arrivé, il a invité la classe entière à venir s'amuser chez lui. Ses amis n'en croyaient pas leurs yeux, on aurait dit un véritable parc d'attractions ! C'était magnifique, tout le monde s'amusait et riait à pleine joie. C'est alors que Miranda est allée chercher Matéo qui présentait son chien à une bande de copains. Elle l'a emmené dans le petit train électrique où il lui avait avoué comme l'autre fois son amour.

When his birthday arrived, he invited the entire class to have fun at his house. His friends could not believe their eyes — it was a like an amusement park! It was magnificent. Everyone had fun and laughed joyfully. Then Miranda went to find Mateo who was introducing his dog to a group of his friends. She pulled him over to the small electric train where he first pronounced his love for her.

"Alors, tu vois, c'est plus drôle quand on partage avec ses amis, non?"

"So, you see that it is more fun when we share things with our friends, right?"

"C'est vrai, tu as raison Miranda, j'aurais dû m'en rendre compte avant," a répondu Matéo.

"It's true, Miranda, I should have realized that earlier," responded Mateo.

Miranda s'est alors rapprochée de lui. Comme la dernière fois, son cœur s'est mis à battre très fort. Et elle lui a fait un tout petit bisou sur la bouche !

Miranda then approached him. Like the last time, his heart began to beat very fast. And she gave him a kiss on the mouth!

À ce moment-là, Matéo s'est dit que finalement, c'est quand on donne, qu'on reçoit !

At that moment, Mateo finally said to himself, that it is when we give that we receive!

Histoire 10 : Sabrina & Le Grimoire Magique

Story 10: Sabrina & The Book of Magic Spells

Sabrina est la petite fille qui a certainement le plus mauvais caractère de toute l'école. Et il ne faut surtout pas l'embêter, car c'est la plus grande et la plus forte. Si jamais vous avez le malheur de jouer avec elle, un conseil, ne gagnez en aucun cas. Sabrina déteste par-dessus tout être la perdante. Une fois, alors que tout le monde jouait au basketball dans le cour, elle s'est battue avec Mickaël parce que son équipe venait de perdre. Le pauvre Mickaël a eu une dent cassée ! C'est à vous dire combien Sabrina peut devenir effrayante, surtout que Mickaël est l'un des garçons les plus forts. Donc retenez bien, Sabrina, il faut la laisser tranquille et dire oui à tout ce qu'elle demande, c'est clair ?

Sabrina is a little girl who has, certainly, the worst attitude in the entire school. It is not smart to annoy her, as she is the biggest and the strongest. If you ever have the misfortune of playing with her, here is a word of advice: do not win at any cost. Sabrina hates losing above all else. One time, while she was playing basketball in the schoolyard, she fought with Mickael because her team lost. Poor Mickael broke a tooth! This should tell you how frightening Sabrina is — especially as Mickael is one of the strongest boys. So, remember, you have to leave Sabrina alone and say yes to whatever she asks for, is that clear?

Je vous dis ça parce que moi, du haut de mes un mètre vingt, j'ai eu la chance plus d'une fois de courir plus vite qu'elle. Mais maintenant, je me fais tout petit, plus jamais je n'irai contre elle. Je m'appelle Rémy, et Sabrina, c'est ma sœur! Comme je la connais bien, je préviens tous mes copains, surtout, ne soyez pas l'ennemi de Sabrina, attention! Mais voilà qu'un jour, Sabrina dans tous ses états s'est confessée à moi.

I am telling you this because I had the chance more than once to run faster than her, measuring one metre twenty tall. But now, I make myself very small and will never run against her again. My name is Remy, and Sabrina is my sister! As I know her well, I warn all of my friends not to be Sabrina's enemy. Beware! But, one day, Sabrina was in an awful state and confided in me.

"Tu sais Rémy, j'en ai marre de faire peur à tout le monde ! Je n'aime pas me mettre en colère et en plus quand je suis comme ça, je me trouve vraiment laide!"

"You know Remy, I've had enough of making everyone scared! I don't like being angry and what's more, when I'm like that, I find myself very ugly!"

Je ne savais pas trop quoi dire jusqu'à ce que je me rappelle d'une histoire de mon papi. Cela racontait une légende de la famille, comme quoi l'un de nos ancêtres, avaient caché par le passé, dans le jardin, un vieux grimoire magique. Sabrina a d'abord cru que je me fichais d'elle. Une nouvelle fois, j'ai dû mettre à profit mes talents de coureur ! Je lui ai donc juré que je ne mentais pas. Nous sommes alors partis à la recherche de ce fameux grimoire, mais sans trop de succès. Sabrina n'en démordait pas, il fallait coûte que coûte qu'elle le trouve, elle avait décidé de changer complètement de personnalité. Après quelques bagarres et disputes, nous avons finalement réussi par trouver le grimoire. Il avait été enterré sous terre dans un vieux coffre en bois.

I did not quite know what to say until I remembered one of my grandfather's stories. It was the legend of the family of one of our ancestors who had hidden an old book of magic spells in the garden. Sabrina thought that I was kidding at first. I had to put my running talents to the test again! I swore to her I was not lying. We then left to search for the famous spell book, but without much success. Sabrina was not going to give up. In order to change her personality, she had to find it at all costs. After a few fights and disputes, we finally found the spell book. It had been buried in the ground in an old wooden chest.

Quelle ne fut pas notre surprise quand après avoir retrouvé la carte du trésor, notre pelle s'est heurtée violemment au coffre, alors que nous étions en train de creuser le jardin tels des archéologues chercheurs de dinosaures ! Le grimoire était magnifique. Sa couverture était faite de bois et de parures d'or qui brillaient fortement. Le contenu du grimoire était absolument fabuleux. Il y avait toutes sortes de formules magiques. Comment transformer un crapaud en colombe blanche, fabriquer un filtre d'amour, avoir toujours vingt sur vingt en dictée, voler comme un oiseau grâce à de la poudre de fée, où rencontrer les êtres magiques de la forêt et tout une ribambelle de formules, trucs et astuces pour tout et n'importe quoi.

Imagine our surprise when, having found the treasure map, our spade lurched violently towards the box and we found ourselves digging the garden like archeologists looking for dinosaurs! The spell book was magnificent. Its cover was made of wood and golden jewellery that shone brightly. What was inside the spell book was absolutely fabulous. There were all sorts of magical spells, such as how to transform a toad into a white dove, how to make a love spell, how to always get a perfect score in dictation, to fly like a bird thanks to fairy dust, where to meet magical beings in the forest, and a bunch of other formulas, tips, and tricks for anyone and anything.

Mais ce qui intéressait Sabrina, c'était une formule magique très spéciale. Voici ce qu'il y avait d'écrit :

But what interested Sabrina was a magical formula that was very special. Here is what it said:

"Procurez-vous de l'ail, de la bave d'escargot et dix crottes de lapin bien fraiches ! Dans une casserole, faites revenir, avec la première couche d'un oignon, l'ail et les crottes de lapin. Au bout de quelques minutes, quand l'odeur deviendra insupportable, ajoutez par petite touche la bave d'escargot. Laissez reposer à l'abri de la lumière un soir de pleine lune. Au premier jour

du mois, récupérez votre préparation, mélangez à de l'eau et buvez tout jusqu'à la dernière goutte !"

Procure some garlic, some snail slime, and ten very fresh rabbit droppings! In a pan, brown the first layer of an onion, garlic, and the rabbit droppings. Wait a few minutes, and when the smell is too much, add a touch of the snail slime. Let it sit, covered, under a full moon. On the first day of the month, uncover what you've prepared, mix it with water, and drink it to the very last drop!"

Eh bien ! Sans vous mentir, c'est pas si mauvais que ça en a l'air ! Je le sais parce que sinon Sabrina serait devenue folle de rage au moment où elle l'aurait bu. Au début, rien ne s'est passé. J'ai commencé à me préparer pour courir en voyant la tête déconfite qu'elle tirait. Mais au dernier moment, quelque chose d'incroyable est arrivée. Les traits du visage de Sabrina se sont adoucis, sa voix est devenue douce et mielleuse et son regard s'est chargé d'amour ! Même moi qui avait peur d'elle, je suis allé faire un gros câlin à ma soeur chérie !

Ah well! No word of a lie, it's not as bad as it seems! I know this is true because otherwise Sabrina would have been furious the moment she drank it. At first, nothing happened. I began to prepare myself to run, seeing the baffled look on her face. But at the last moment, Sabrina's facial features softened, her voice became light and dulcet, and her look was one full of love! Even I, who was scared of her, gave my sister a huge hug!

Elle et moi, on n'en revenait pas, elle s'était transformée en une fille très, très gentil ! À l'école, personne n'y croyait ! Les gens ont continué d'avoir peur jusqu'à ce qu'il se rende compte que Sabrina était vraiment devenue sympathique. Il y a même Jordan qui a voulu lui déclarer son amour ! À présent, plus besoin de courir ou d'être arrangeant, Sabrina acceptait de perdre et était d'une humeur tout à fait joyeuse.

She and I, we didn't look back and she was transformed into a very nice girl! Nobody at school could believe it! The kids continued to be scared of her until they realized that Sabrina had truly become kind. There was even a kid named Jordan who wanted to declare his love for her!

Presently, there was no need to run or to be obliging — Sabrina accepted losing and was in a really good mood.

Mais un jour, le drame est arrivé. Pour une raison inconnue, le charme s'est effacé, la formule magique ne faisait plus d'effet. Alors qu'on était en train de jouer au badminton au gymnase de l'école, Sabrina a perdu son match contre Julien. Tout à coup, elle jeta sa raquette en plein dans la figure de Julien. Pris de panique, celui-ci a appliqué le vieux conseil que je lui avais donné, il se mit à cavaler dans tout le gymnase en hurlant, au secours ! au secours, aidez-moi ! Au début, les gens rigolaient, ils croyaient que c'était une blague que faisait Sabrina. Mais cela a eu pour effet de l'énerver encore plus. Quelques instants plus tard, toute la classe se mit à courir dans tous les sens, c'était un véritable chaos ! J'ai pourtant tenté de la raisonner, mais rien n'y faisait !

But one day, drama arrived. For some unknown reason, the spell wore off and the magical formula didn't work anymore. While we were playing badminton in the school gym, Sabrina lost her match against Julien. All of a sudden, she threw her racket at Julien's face. Panic stricken, he remembered an old piece of advice that I had given him, and went rushing around the entire gymnasium, yelling, "Help! Help! Help me!" At first the kids laughed; they thought Sabrina was playing a trick. But that only made her even madder. A few moments later, the entire class began to run in every direction. It was total chaos! I even tried to reason with her, but that didn't work!

Elle a fini tout de même par se calmer. Surpris que la formule n'avait plus d'effet, nous sommes allés voir ce qu'en disait le grimoire. Celui-ci stipulait qu'il fallait recommencer le processus chaque mois. Quand j'ai vu ce qu'il y avait d'écrit, je me suis tout de suite enfui pour éviter la colère de Sabrina. Mais contre toute attente, celle-ci est restée parfaitement calme.

Après toutes ces aventures, et tous ces kilomètres courus pour fuir surtout ! Sabrina s'est dite, je pense que finalement, la vraie magie, c'est quand on se transforme par soi-même ! Et depuis ce jour, Sabrina est devenue très gentil grâce aux efforts qu'elle faisait pour s'améliorer.

She eventually calmed down. Surprised that the formula did not work anymore, we left to see what the spell book said. It stipulated that it was necessary to redo the process each month. When I saw what was written, I ran away to hide from Sabrina's anger. But, against all expectations, she stayed perfectly calm. After all these adventures and the kilometres run in flight! Sabrina said she finally thinks that the real magic is when we transform ourselves on our own! And from that day on, Sabrina became very nice thanks to her own efforts to improve herself.

Conclusion

Reading is a magical activity that can transport you to wonderful places without you even having to leave your own home. We hope this book was able to do that for you. Even more, we hope you were able to improve your second language skills at the same time.

Did your reading skills in French improve as you went through the stories?

Did your listening skills get better as you listened to the audio?

Did you follow along and practice your pronunciation?

We hope you did, and we hope you had as wonderful a time with this book as we did in creating it for you. Here is a piece of advice we want to share with you:

Keep reading. It will enrich your mind and make you an even better version of yourself — better not only in school, but in life as a truly kickass individual!

Keep learning French. It will open up so many doors for you, we promise. As long as you are on your language-learning journey, we will be here to help.

Merci, thank you

Talk in French Team

How to Download the Free Audio Files?

The audio files need to be accessed online. No worries though—it's easy!

On your computer, smartphone, iPhone/iPad, or tablet, simply go to this link:

https://www.talkinfrench.com/bedtime-audio/

> **Be careful!** If you are going to type the URL on your browser, please make sure to enter it completely and exactly. Otherwise, it will lead you to an incorrect web page. You should be directed to a web page where you can see the cover of your book.

Below the cover, you will find two "Click here to download the audio" buttons in blue and orange color.

Option 1 (via Google Drive): The blue one will take you to a Google Drive folder. It will allow you to listen to the audio files online or download them from there. Just "Right click" on the track and click "Download." You can also download all the tracks in one click—just look for the "Download all" option.

Option 2 (direct download): The orange button will allow you to directly download all the files (in .zip format) to your computer.

Note: This is a large file. Do not open it until your browser tells you that it has completed the download successfully (usually a few minutes on a broadband connection, but if your connection is slow it could take longer).

The .zip file will be found in your "Downloads" folder unless you have changed your settings. Extract the .zip file and you will now see all the audio tracks. Save them to your preferred folder or copy them to your other devices. Please play the audio files using a music/Mp3 application.

Did you have any problems downloading the audio? If you did, feel free to send an email to support@talkinfrench.com. We'll do our best to assist you, but we would greatly appreciate it if you could thoroughly review the instructions first.

Thank you,

Talk in French Team

About Talk in French

TalkinFrench.com believes that French can be learned almost painlessly with the help of a learning habit. Through its website and the books and audiobooks that it offers, French language learners are treated to high quality materials that are designed to keep them motivated until they reach their language learning goals. Keep learning French and enjoy the learning process with books and audio from Talk in French.

TalkinFrench.com is a website created to help busy learners learn French. It is designed to provide a fun and fresh take on learning French through:

- Helping you create a daily learning habit that you will stick to until you reach fluency, and
- Making learning French as enjoyable as possible for people of all ages.

With the help of awesome content and tried-and-tested language learning methods, Talk in French aims to be the best place on the web to learn French.

The website is continuously updated with free resources and useful materials to help you learn French. This includes grammar and vocabulary lessons plus culture topics to help you thrive in a French-speaking location – perfect not only for those who wish to learn French, but also for travelers planning to visit French-speaking destinations.

For any questions, please email support@talkinfrench.com.

Thank you,

Talk in French Team

Your opinion counts!

If you enjoyed this book, please consider leaving a review on Amazon and help other language learners discover it.

Scan the QR code below:

OR

Visit the link below:

https://geni.us/aHojs58

Made in the USA
Las Vegas, NV
25 January 2024

84864905R00070